KB113978

전생부터 다시

홍성은 장편소설

FUSION FANTASTIC STORY

Re Pre Life

전생부터 다시 9

홍성은 장편소설

초판 1쇄 찍은 날 § 2017년 11월 1일
초판 1쇄 펴낸 날 § 2017년 11월 8일

지은이 § 홍성은
펴낸이 § 서경석

편집책임 § 이지연

펴낸곳 § 도서출판 청어람
등록번호 § 제387-1999-000006호
등록일자 § 1999. 5. 31
어람번호 § 제1-2790호

주소 § 경기도 부천시 부일로 483번길 40 서경B/D 3F (우) 14640
전화 § 032-656-4452 팩스 § 032-656-4453
http://www.chungeoram.com
E-mail § chungeorambook@daum.net

ISBN 979-11-04-91507-9 04810
ISBN 979-11-04-91240-5 (세트)

9

전생부터 다시

홍성은 장편소설

FUSION FANTASTIC STORY

Re Pre Life

전생부터 다시

Re Pre Life

목차

68장
다르키아 산맥II

릴리트 릴림은 인간도 아니고, 지금 시대의 인류도 아니다. 어쩌면 마물로서의 본능이 먼저 살아나 로렌을 습격할지도 모른다. 가능성은 낮았지만, 아예 제로가 아닌 시점에서 위험한 시도이긴 했다.

그런데 릴리트 릴림은 의외의 반응을 보였다.

"그런… 그런 게 가능하다니……. 정말 대단하군요, 로렌!"

릴리트 릴림은 감탄했다.

"아니, 감탄하라고 한 소리는 아닌데……."

릴리트 릴림의 반응은 로렌 입장에선 좀 맥 빠지는 것이었다. 이쪽은 신경을 곤두세우고 긴장하고 있는데, 상대는 속편한 소리나 하고 있으니 말이다.

"아뇨, 로렌. 당신은 당신이 얼마나 대단한 영역에 다다랐는지 모르는 것 같군요."

그런데 이번에는 오히려 로렌의 반응에 릴리트 릴림이 표정을 굳히며 진지한 목소리로 말했다.

"만약 신들에게 시간을 되감는 능력이 있었다면 신들의 황혼은 찾아오지도 않았을 겁니다. 당신은 신들에게조차 없었던 능력을 발휘한 겁니다. 이게 얼마나 대단한 건지 이해하지 못하는 건가요?"

"어… 어?"

갑자기 어린애 같은 언행이 싹 빠지고 엄한 선생님처럼 말하는 릴리트 릴림의 변모에 로렌은 혼란스러워했다. 그러나 릴리트 릴림은 로렌의 그러한 반응에도 아랑곳 않고 제 할 말을 계속했다.

"저는 당신을 적으로 돌리고 싶지 않군요. 만약 당신을 적대시했다간, 당신은 몇 번이고 시간을 되감아 결국 저를 쓰러뜨리고야 말겠지요. 세계를 멸망으로 이끌 정도의 괴물들을 시간을 되감아서 쓰러뜨리려 하는 것처럼……."

릴리트 릴림은 그것이 아주 두려운 일인 양, 바들바들 떨면서 그런 이야기를 하고 있었다.

“저야 이 목숨에 큰 미련이 없습니다만, 이 세계에 남은 멘르바교의 유일한 신자이자 교황인 제가 죽기라도 한다면 멘르바 님께서 돌아오실 길이 영영 사라지고 맙니다.”

릴리트 릴림은 갑자기 그 자리에서 무릎을 굽혀 로렌을 향해 절을 했다.

“지금까지의 무례한 언행, 용서해 주시기 바랍니다. 제 조력이 필요하시다면 신앙을 버리라는 명령 외에는 뭐든 말씀해 주십시오. 성의를 다해 따르겠습니다.”

갑작스러운 태도 변화가 좀 혼란스럽긴 하지만, 어쨌든 릴리트 릴림은 로렌의 조력자가 될 셈인 것 같았다. 그리고 로렌은 그걸 거절할 이유가 없었다. 서로가 서로에게 위협이 되는 이상, 아군으로 맞아들이는 것이 양쪽 모두에게 좋은 일이었다.

“그럼 앞으로 잘 부탁해, 릴리.”

로렌은 손을 내밀어 악수를 청하며 말했다.

“릴리요?”

릴리트 릴림은 자신의 새로운 호칭에 놀라 그렇게 되물었다. 그런 그녀에게 로렌은 웃으며 말했다.

“릴리트 릴림은 너무 길잖아.”

“아하, 괜찮은 애칭인 것 같네요.”

릴리트 릴림은 납득한 듯 고개를 주억거렸다.

"애칭은 괜찮지만 제 지금 모습이 그 애칭에 걸맞지 않은 외형인 것 같은데. 어떻게 할까요? 모습을 좀 바꿀까요?"

릴리트 릴림이 릴리라는 이름에 어떤 이미지나 환상 같은 걸 갖고 있는지 모르지만, 로렌은 지금 당장 캐물으려 들지 않았다. 그보다 더 궁금한 게 있었기 때문이다.

"애초에 왜 노인의 모습을 취하고 있었지? 어떤 모습으로도 변신이 가능하다면 더 괜찮은 모습도 취할 수 있었을 텐데."

"그야 가능한 한 절 찾아올 로렌 하트의 경계를 사지 않고 호의를 얻을 만한 모습이 이 모습이라고 생각했으니까요. 정확히는 제 생각은 아닙니다만."

릴리트 릴림의 이야기는 꽤 납득이 가는 이야기였다. 그럼에도 의문은 남았다.

"노인 모습이? 남자는 보통 젊고 아름다운 여성에게 호의를 품을 텐데."

"아름다움과 젊음은 강력한 무기고, 무기란 건 공격 수단이죠. 저야 남성이 아니라서 모르지만, 젊고 아름다운 여성은 경계당하게 마련이라고 하더군요."

릴리트 릴림은 이렇게 말했지만, 로렌은 그 이야기와는 정반대로 알고 있다.

미녀를 경계하라는 금언이 현인들 사이에서 전해 내려온

다. 그 말은 곧 별로 현명하지 않은 이들이 그만큼 미녀를 경계하지 않고 무방비한 상태로 호의를 품는다는 의미도 된다. 격언이나 금언은 보통 잘못된 걸 바로 잡기 위해 전해 내려오는 거니까.

지구 중세 유럽의 기사도가 어떤 의미에서 만들어진 건지를 생각하면 답이 바로 나온다. 기사들이 지나치게 망나니짓을 하고 다니니, 이것만은 좀 지키고 다니라는 의미에서 수도사들이 만든 게 기사도다.

그리고 로렌의 입장에서는 다소 낯 뜨거운 이야기가 될 수 있겠지만, 릴리트 릴림이 점지된 운명에 따라 만나게 될 로렌하트는 그 금언을 무시하지 않는 인간이었으리라.

그런 의미에서는 릴리트 릴림은 올바른 결론에 도달했다고 말할 수도 있었다.

"하지만 저는 이미 소유주님의 것이니, 소유주님께서 제게 붙여주신 새로운 애칭에 걸맞은 모습을 취하겠습니다."

"소유주?"

릴리가 로렌을 부른 칭호가 신경 쓰였지만, 이미 릴리의 형체는 무너져 내려 인간의 모습이 아니게 되어 있었다. 몇 초 지나지 않아 초등학교 저학년 정도로 보이는 소녀로 스스로의 모습을 바꿔내긴 했지만 말이다.

그 머리칼색은 에메랄드빛으로, 딱 보기에 명백하게 인간이 아니었다. 어쩌면 고대 종족 중에 보석처럼 반짝이는 머리카락을 가진 종족들이 있을지도 모르지만, 적어도 현대 인류 중에 이런 머리카락을 지닌 종족은 존재하지 않는다.

하긴 릴리는 실제로 인간이 아니니 별 상관은 없었다.

문제는 피부도 도자기 같다는 점이었다. 흔히 좋은 피부를 칭찬하며 비유로 드는 표현이 아니라, 말 그대로 도자기 같았다. 그야말로 조선 백자처럼 윤이 나고 있었다.

조선 백자가 약간 푸른빛을 띠는 것에 비해 릴리의 피부는 약간 붉은빛을 띠고 있어 그게 사람의 혈색처럼 보이지 않는 것은 아니었지만, 그 이전에 명백히 생명체처럼 보이지 않는다는 점에서 문제가 있었다.

소재적인 문제는 좀 있긴 했지만 지금 릴리가 취한 모습은 대단히 아름답고 귀여운, 그리고 깨지기 쉬운 것처럼 보이기는 했다.

소녀다운 작은 입술을 달싹이며, 릴리는 방금 전에 자신의 모습을 변이시키느라 미처 대답하지 못했던 로렌의 질문에 뒤늦게 대답했다.

"네, 소유주님. 저는 마물(魔物), 즉 물건이니 절 소유하신 분을 이렇게 부르는 게 옳다고 여기는데요. 물론 소유주님께서 이 명칭이 불쾌하시다면 바꾸겠습니다."

"아니, 왜 이번엔 그런 모습을 취한 건데?"

로렌은 소유주라는 호칭이 불쾌했지만, 릴리가 새로 변신한 모습이 훨씬 더 마음에 걸렸기 때문에 그걸 먼저 물었다. 에메랄드빛 머리칼과 도자기 질감의 피부도 신경 쓰이지만, 노인의 모습에서 소녀의 모습이란 것도 갭이 너무 심했다.

너무 딴판으로 변한 것 아닌가? 노인의 모습과 같은 점이라고는 역시 인간처럼은 보이지 않는 보랏빛 눈동자 정도였다.

그 커다란 눈동자를 깜박이며 릴리는 이렇게 말했다.

"무해하고 무력한 소녀의 모습을 취함으로써 소유주님의 자비심과 연민을 사려고 해본 시도인데요……. 잘 안 됐나요?"

고개를 살짝 갸웃하는 릴리의 모습은 매우 귀여웠지만, 말하는 내용이 너무 구체적으로 음습했다.

"아니, 지금 그 모습으로 됐어."

능력의 차이가 없다면 소녀 모습을 취하게 하는 게 로렌 입장에서는 다루기 편해서 좋다. 물리적으로 말이다. 딱 보기에도 릴리가 이전까지 취하고 있던 노인의 모습보다 면적도 적게 차지하고 무게도 가벼워 보였다.

문제는 좀 깨지기 쉬워 보인다는 거지만, 상자의 빈 공간에 신문지를 충분히 채워 넣으면 해결되리라.

'나 혼자 웃긴 생각을 다 하는군.'

로렌은 혀를 찼다.

"알겠습니다, 소유주님."

"아, 맞다. 소유주라고 부르지 마."

로렌은 뒤늦게 생각났다는 듯 말했다.

"알겠습니다, 주인님."

그러자 릴리는 태연하게 호칭을 바꿨다. 그 호칭도 마음에 들지 않은 로렌은 고개를 저었다.

"주인님도 안 돼."

로렌의 거듭된 거부에 릴리의 입술이 비죽 튀어나왔다.

"그럼 어떤 호칭으로 '전 이분의 소유물입니다'라고 주변에 주장하면 될까요?"

로렌은 릴리를 상대하는 게 약간 피곤하다고 느꼈다.

"그거라면 '여보' 어때?"

오하라가 심드렁하니 끼어들었다. 릴리를 두려워하던 기색은 어디론가 사라지고 없었다. 하기야 지금까지 로렌과 릴리의 대화를 듣고 있었다면, 릴리에게 가질 감정은 두려움 쪽보다는 한심함 쪽이 더 걸맞았다.

"그거 괜찮네요! 거기 넌 드래곤 주제에 머리 좀 돌아가는 것 같네요!!"

"쓸데없는 소리 하지 마, 오하라. 릴리, 너도."

1만 살 이상 먹은 고대의 존재를 조력자로 맞아들였는데,

어째서 든든함보다 두통이 먼저 찾아오는 것일까. 로렌은 잘 이해가 되지 않았다.

* * *

고대의 존재, 신의 흙이자 멘르바교의 교황인 릴리트 릴림은 오래 살아온 세월만큼이나 다양한 능력을 갖고 있었다.

기본적으로 흡혈귀가 사용할 수 있는 능력과 술수는 흡혈귀 중에 가장 고위의 마물로 여겨지던 엘더 뱀파이어보다도 훨씬 뛰어난 수준으로 사용할 수 있는 건 물론이고, 그 연장선상으로 여겨지는 더욱 강력한 능력과 술수들도 자유자재로 활용이 가능했다.

예를 들어 대상을 공포에 질리게 만들거나 반대로 현혹하는 마력이 담긴 시선, 즉 고위 흡혈귀만이 사용할 수 있는 능력인 마안(Evil eye). 이 마안 능력으로 릴리는 대상을 즉사시키거나 시선이 닿은 부위를 흙덩이로 만들어 버릴 수 있다고 한다.

"그저 노려보기만 해도 적을 죽여 버릴 수 있다니, 말도 안 되게 강력한 능력이잖아?"

"뭐, 실제로는 제약이 꽤 있어서요. 즉사시키려면 일단 눈이 마주쳐야 돼요."

그걸 제약이라고 부를 수 있는지에 대해서는 논란의 여지가 있겠지만, 로렌은 굳이 릴리와 논쟁을 벌이려 들지는 않았다.

그뿐만이 아니라 흙과 돌, 나무의 배치를 통해 독특한 효과를 얻는 토진(土陳), 석진(石陳), 목진(木陳) 등을 비롯한 각종 진법과 동물과 마물을 통제하고 명령을 내려 부리는 야성 통제, 마성 통제 능력도 로렌의 관심을 끌었다.

릴리가 괜히 신의 흙인 건 아닌지, 그녀는 지면의 흙을 자유자재로 움직여 즉석에서 토진을 만들어내는 신기를 선보였다. 물론 이건 일종의 종족 고유 능력에 속하는지라 로렌도 배울 수 없다고 판단했다.

릴리의 수많은 능력과 술수 중 가장 로렌의 관심을 샀던 건 멘르바교의 교황으로서 사용하는 특이한 수법들이었다.

"아니, 멘르바가 이 세계를 떠났다는데 어떻게 그 힘은 빌어서 쓸 수 있는 거지?"

흥미의 원천은 바로 이것이었다. 로렌의 의문에 대해 릴리는 가볍게 대답했다.

"그분께서 자리를 잠시 비우셨다 한들, 그 숨결은 아직 이 세계에 남아 있으니까요."

이 세계에서 신은 죽고 그 정신체 또한 추방당했어도 신력은 이 세계에 남아 있어서, 특정한 절차만 거치면 그 힘을 쓸 수 있다. 로렌은 그렇게 알아들었다.

"그럼 멘르바교에 입교하지 않고서도 멘르바의 은혜는 받을 수 있다는 거야?"

"멘르바 님요."

릴리는 로렌의 멘르바에 대한 호칭을 교정해 주었다.

"그리고 멘르바 님의 선물을 받기 위해서는 기본적으로 멘르바교에 소속되어 있어야 해요."

릴리가 말하는 '특정한 절차'에 아예 교단에의 입교가 포함되어 있는 모양이었다. 로렌은 납득하고 고개를 끄덕였다.

'이건 포기해야겠군.'

내심 그렇게 결론을 내리면서 말이다.

릴리트 릴림은 아는 것도 많았고 로렌에게 흥미로운 이야기도 많이 해주었다.

다만 너무 오래 세계와 유리된 채 살아온 탓인지, 마법과 기사도 등 현대에 주력으로 활용되는 능력들에 대한 이해도는 다소 떨어졌다.

심지어 용의 연대에 활발히 사용된 각인기예나 그 시대의 용사인 슬레인이 사용하는 능력들, 즉 주술과 영능에 대한 지식도 없었다.

"하긴 신의 연대에는 인간의 영혼 따위는 폐기물로 취급했다고 하니, 영능 같은 걸 몰라도 이상할 건 없지."

"…아닌가요?"

영능 이야기를 아예 이해조차 못 하는 릴리를 보며 로렌이 그렇게 말하자, 릴리는 정말로 이해가 안 된다는 듯 그렇게 되물었다. 그녀는 진심으로 영혼 따위는 존재하지 않는다고 믿고 있는 것 같았다.

"흠, 뭐 그거야 아무래도 좋지."

중요한 건 로렌이 릴리에게서 이러한 새로운 능력들을 배워 익힐 수 있는지의 여부였다. 적어도 로렌이 생각하기엔 그랬다.

"가능해요."

릴리는 단언했다.

"특히 멘르바 님의 신도로서 사용할 수 있는 능력과 기술들은 로렌 님께서 멘르바 님을 섬길 것을 맹세하자마자 사용할 수 있게 될 거예요. 지금 이 세계에 남겨진 멘르바 님의 힘은 저 혼자 쓰기에 지나치게 많거든요."

여담 쪽에 속하겠지만, 결국 릴리는 로렌을 '로렌 님'이라 부르기로 합의했다. 그녀는 로렌을 멘르바교에 끌어들이려는 생각을 포기하지 않은 것 같았고, 그래서 이런 식으로 틈만 나면 넌지시 입교 권유를 했다.

"그렇군. 그럼 흡혈귀 쪽의 능력은?"

로렌이 노골적으로 화제를 돌리자 릴리는 좀 실망한 기색을 보였지만, 그것도 잠시였다.

"그것도 로렌 님께서 흡혈귀가 되시면 사용이 가능해요."

그렇게 말하는 릴리의 눈빛이 음습하게 빛나는 것을 로렌은 놓치지 않았다.

흡혈귀가 된다는 건 곧 마물이 되면 인류를 적대시할 뿐 아니라 마성 통제 능력을 지닌 릴리의 명령권하에 들어가는 것을 의미한다. 한 번 해보고 시간을 되돌리면 끝일 것 같지만, 릴리는 흡혈귀가 되어버린 로렌에게 시간을 되돌리지 말라는 명령을 내릴 것이 빤했다.

'마음 놓고 접하기가 쉽지 않군.'

하긴 릴리가 로렌의 조력자가 되기로 한 건 그를 적으로 돌리지 않기 위해서지, 정말 진심으로 로렌에게 감화되어서 그런 게 아니었다. 이런 점에 있어서는 로렌도 마찬가지였다. 지금도 당장 로렌은 조력을 명목으로 릴리의 밑천을 뜯어내려고 하고 있었다.

'아주 멀리 돌아가는 거절의 말로 생각하면 되겠지.'

사기라 하기에는 너무 대놓고 친 사기이기에 로렌은 오히려 이렇게 이해할 수 있었다.

"그럼 지금 당장 배울 수 있는 건 진법 정도겠군."

"네, 그렇게 되겠네요."

그렇게 거래는 성립되었다.

그렇다고 지금 이 자리에서 바로 진법을 배울 생각은 로렌도 하지 않았다. 여력이 좀 생기긴 했지만 로렌은 여전히 바쁜 몸이었으니까. 게다가 순서를 따지자면 슬레인에게서 주술과 영능을 배우는 게 먼저였다.

'3년 내에 얼마나 배울 수 있을지 모르겠군.'

너무 욕심을 낸 건 아닌가, 하나라도 잘 배우는 게 낫지 않을까, 하는 생각도 들었지만 아직 각 능력의 진가도 모르는데 하나에 모든 시간을 투자하는 것이 더 위험하다는 결론에 이르렀다.

정 안 되면 회귀 주문이라는 최후의 수단도 있으니, 일단은 다 배워보는 게 더 나았다.

'각인기예에 대한 지식과 깨달음도 다 가져왔으니까.'

회귀 주문으로 공력이나 마력, 각인의 힘 총량을 늘릴 수는 없으나 깨달음이나 지식, 배움은 그대로 가져올 수 있다. 배움은 곧 마력으로 치환할 수 있으니 로렌은 회귀를 반복할수록 어떤 방식으로든 강해질 수 있다.

비록 회귀 주문은 지나치게 고통스러워 자주 사용하고 싶지는 않지만, 다른 방법이 없다면 어쩔 수 없게 사용하게 되리라.

릴리의 말이 맞았다.

로렌은 몇 번을 반복해서라도 세계의 멸망을 막을 생각이었다.

이미 한 번은 역사를 바꿔보았다. 라핀젤은 죽을 운명의 소녀였지만, 회귀한 로렌이 개입한 결과 지금 이 순간까지 살아 있다. 리처드 남작도 마찬가지다. 여기 있는 스칼렛과 멜라니, 오하라도 마찬가지다.

운명은 분명 존재하지만, 절대적이지 않다. 얼마든지 바꿀 수 있다. 노력 여하에 따라 달라지겠지만, 회귀 주문을 활용해 무제한적인 노력이 가능한 로렌이라면 세계 멸망의 운명마저도 뒤틀어 버릴 수 있으리라.

'나는 몇 번이고 도전할 것이다. 이 운명을 바꿀 수 있을 때까지!'

그렇게 다짐을 새롭게 하던 순간이었다.

"…억!"

갑작스럽게 어마어마한 고통이 로렌을 찾아왔다. 승화의 경지에 오르고 별의 영역에 이른 기사이자 대마법사인 로렌조차도 버티지 못할 고통이었다.

로렌 스스로가 결정을 내리는 것보다도 먼저 그의 몸이 결단을 내렸다. 이 고통을 느끼지 않는 방법을 선택하기로 말이다.

그 결과, 로렌은 정신을 잃고 쓰러졌다.

*　　　*　　　*

회귀 주문.

'회귀 주문이 사용되었어.'

정신을 차리기 전, 로렌은 스스로에게 그렇게 읊조렸다.

그것은 기묘한 감각이었지만, 동시에 익숙한 감각이기도 했다.

과거의 자신과 현재의 자신, 미래의 자신이 일치되는 감각.

그리고 지금 말한 것은 '현재의 로렌'이었다.

정확히는 아직 한 번밖에 회귀 주문을 경험하지 않은 로렌. 김진우에서 로렌으로 돌아올 때는 전생 회귀 주문을 사용했으니, 이것도 회귀 주문으로 친다면 두 번 경험한 셈이 된다. 3년 후의 멸망을 한 번 경험한 로렌이라 하는 게 정확할 것이다.

'아니, 내가 회귀 주문을 사용한 것이로군.'

로렌은 속으로 되뇌었다. 지금 말한 로렌은 미래의 로렌이었다.

그 로렌과 '미래의 로렌'이 일치되었다.

미래의 로렌이 왜 하필 지금 이 시점을 골랐는지, 현재의 로렌도 능히 이해할 수 있었다. 하기야 미래의 기억을 갖게 된 로렌은 이미 '현재의 로렌'이 아닌 '미래의 로렌'인 셈이지만, 그 둘을 구분하는 것은 기실 무의미한 일이다. 어느 쪽도 로렌이기에.

로렌은 눈을 떴다.

"스물여섯 번……."

스물여섯 번.

그가 회귀를 반복해 온 횟수였다. 그리고 그가 실패해 온 횟수이기도 했다.

"…그럼 이번이 스물일곱 번째인가."

스물일곱 번째의 3년이다.

아니, 사실 몇 번은 멸망 이후의 세계를 돌아보기도 했으므로 실제로는 단순히 3년이라 칠 수는 없었다.

로렌은 스물여섯 번의 멸망을 겪으며 백 년이 넘는 세월을 보냈다.

보통 사람이라면 정신이 꺾여 버리기에 충분한 세월이었다. 절망하고 포기하는 것은 당연하고, 제정신을 놓아버리고 미쳐 버린다 해도 이상하지 않은 시간을 보내왔다.

그러나 로렌은 아직 절망하지 않았고, 한 번도 포기한 적이 없었다.

'제정신인지는 좀 의문이지만.'

몇 번이고 반복해서 목적을 이루고야 말겠다는 다짐을 되새기는 이 시점을 골라 시간을 되감은 것은 이런 이유였다.

실패의 충격에서 벗어나 다시금 마음을 다져먹기 위해서.

다른 시점으로 회귀 시점을 고른 적도 있었지만, 지금만큼의 효율은 나오지 않았다. 스물여섯 번의 멸망을 경험한 로렌과 '현재의 로렌'의 비중이 동일했기에, 회귀 시점에서의 상태가 매우 중요해진다.

그래서 스물여섯 번째의 로렌은 시간을 되돌릴 시점으로 지금의 이 시점을 골랐다.

"로렌, 로렌! 괜찮아? 로렌!!"

지난 몇 번과 마찬가지로, 스칼렛은 펑펑 울면서 로렌의 이름을 부르고 있었다. 그리고 로렌은 지난 몇 번과 같은 대답을 스칼렛에게 할 것이다.

"아니, 안 괜찮아."

별로 괜찮지는 않다. 그야 그렇다. 방금 전까지 세계의 멸망을 지켜보고 왔다. 괜찮다면 그쪽이 더 이상하다.

이쯤 되면 좀 무던하게 받아들일 법도 한데, 스물여섯 번째의 멸망도 로렌의 가슴을 사정없이 찢어발겼다.

'하지만.'

흔히 인간은 실패를 통해 배운다고 한다. 로렌은 이 격언을 싫어한다. 그가 여러 번 실패해 온 인물이기 때문이다.

싫은 건 싫은 거지만, 어쩔 수 없이 실패를 받아들여야 한다면 거기서 얻어가는 게 있는 쪽이 더 낫다.

그리고 이번 스물여섯 번째 실패에서 전혀 소득이 없는 건 아니었다.

"바라건대, 부디 이번의 나는 성공하기를."

아직도 머리가 지끈거렸다. 잠시 기절한 것만으로는 지난 백 년간의 기억을 받아들이고 되새김하는 데 부족했는지, 그의 뇌가 아직도 신음을 토해내고 있었다.

그럼에도 그는 억지로 일어섰다. 이 정도는 괜찮다는 걸 경험으로 파악하고 있다.

'이런 거에 익숙해지길 바란 건 아니었는데.'

익숙해져 버린 거야 어쩔 수 없는 일이다.

"뭔가 이상한데요? 로렌 님."

그동안 입을 다문 채 로렌을 지켜보고 있던 릴리가 문득 그런 말을 던져왔다.

"로렌 님에게서 멘르바 님의 향기가 나요."

"응."

로렌은 고개를 끄덕였다.

"미안, 릴리. 이제 멘르바교의 교황은 나야."

회귀 주문을 사용해 과거로 돌아왔을 때, 대부분의 힘든 시간이 되돌려짐에 따라 자연스럽게 없었던 것이 된다. 다섯 개의 마력 서킷을 열든, 기사도의 새로운 경지에 서든 말이다.

그러나 사라지지 않는 것도 있었다. 기억이 그렇고, 경험이 그렇고, 깨달음이 그렇다.

멘르바 교단에서의 위치도 그러했다.

멘르바 교단에서의 위치는 멘르바를 얼마나 기쁘게 하느냐에 따라 달려 있는데, 가장 여신을 기쁘게 만든 자가 교황의 지위를 가져간다.

지금은 이 세계에 존재하지도 않는 여신을 기쁘게 만든다는 것도 웃긴 일이지만, 그 이력 또한 회귀 후에도 유지된다는 건 더욱 웃긴 일이다.

그리고 어째서 이런 일이 가능한지는 로렌도 모른다.

어쨌든 그래서 로렌은 지금 멘르바교의 교황이었고, 전대 교황이었던 릴리트 릴림은 자연스럽게 교황 자리를 내어놓게 되었다.

"절해라, 릴리."

로렌이 명령하자, 릴리는 이상해하면서도 로렌을 향해 절했다.

"어, 어?"

본인도 자신이 왜 이러는지 아직 이해하지 못하는 것 같은 반응이었다. 하지만 곧 실감하게 될 것이다.

릴리에게서 배워야 할 것들을 배운 지는 한참 되었다. 진법이나 야성 통제, 마물 통제는 물론이고 그 이상의 것도 말이다. 로렌은 이미 흡혈귀가 되어본 적도 있고, 멘르바교의 신도가 된 적도 있다. 꽤 끔찍한 경험들이었지만 결과적으로는 다 좋게 작용하게 되었으니 됐다 싶었다.

당연히 슬레인에게서 주술과 영능력에 대해서도 배웠다. 그뿐만 아니라 슬레인이 최근 몇 회차까지 잘 숨겨 갖고 있던 용사로서의 힘과 능력, 기술도 전수받았다.

이제 릴리와 슬레인에게서 배워야 할 것은 없으며, 로렌은 그들의 수준을 이미 뛰어넘었다. 그 정도가 아니라, 오히려 로렌이 이 둘에게 가르침을 줘야 할 입장이 되었다.

그래서 로렌은 가르침을 주기로 했다.

그리 어려운 일은 아니었다. 텔레파시로 심상을 한 번씩 쏴주면 되니까. 모든 기억을 다 전송할 필요는 없고, 핵심적인 깨달음과 진리 몇 개만 전달하면 될 일이다.

이제까지 여러 번 해왔던 일이다. 로렌은 매우 익숙하게 작업을 완료했다.

"이건… 설마……!"

슬레인은 뇌의 과부하로 인한 두통으로 땅바닥을 데굴데굴 굴러다니고 있었지만, 릴리는 고통을 참아내며 놀라워하는 여유를 보여주고 있었다. 낯익은 반응들이었다.

"로렌 님, 아니, 교황 성하……! 당신은 대체……."

"네가 말한 대로야, 릴리."

로렌은 '이번에는 처음' 이 대사를 입에 올렸다.

"나는 몇 번이고 도전했고, 이번에도 도전할 생각이야."

꺾이려던 각오를 다지며.

로렌은 다시금 맹세했다.

69장
재정비

로렌은 일행에게 다시 한 번 회귀해 왔다는 걸 밝혔지만, 몇 번을 회귀한 것인지에 대해서는 숨겼다. 이미 몇 번 밝힌 적이 있었고, 그 결과가 어떤지 봤기에 내린 결정이었다.

지금보다도 적은 숫자를 말했음에도 불구하고 그 숫자를 들은 일행의 사기가 심하게 꺾였기 때문이다.

"몇 번씩이나 실패했다, 라. 그럼에도 별로 절망한 것처럼은 보이지 않는군."

"응, 뭐."

슬레인의 말에 로렌은 아무렇지도 않게 대꾸했다.

이미 복기는 마쳤다.

멸망한 세계의 황야에 앉아 이번에 실패한 원인은 무엇인지, 개선해야 할 점은 어떤 것인지를 모조리 고찰하고, 이제는 뭘 어떻게 할 것인지에 대한 계획까지 다 세워놓고 회귀 주문을 사용한 참이었다.

할 때마다 느끼는 것이지만, 실로 고통스러운 작업이었다. 그럼에도 불구하고 로렌은 작업을 완료했다. 그러니 이제는 움직이는 것만 남았다.

"지키려고 했기에 실패한 거야."

로렌은 말했다.

서부에서 공격해 오는 적들을 다 막아선다 하더라도, 동쪽의 제국을 무너뜨리고 공격해 오는 괴물들의 습격을 차단할 수는 없었다. 제국의 방비를 튼튼히 시키고 동서를 모두 지켜냈지만, 남쪽에서 진군해 오는 괴물들을 어찌할 바가 없었다.

남부에까지 병력을 보내자 사방에서 몰려든 괴물들에 의해 각개격파당했고, 다르키아 왕국에만 병력을 집중해 인류 문명 최후의 보루이자 에덴으로 삼으려던 계획도 무위로 돌아갔다.

아무리 해독하고 치유하고 해주해도 단 한 방울의 독, 단 한 사람의 병자, 단 한 모금의 저주만 남아 있어도 멸망은 순식간에 가속화되었고 그걸 막을 방법은 없었다.

막을 방법이 없으니, 막지 않는 것을 택한다.

즉, 결론은 이것이다.

"우리는 공격에 나설 거다."

사실 이 방법론을 채택한 지는 꽤 되었다. 이 방법으로 실패도 이미 여러 번 했고. 그럼에도 로렌은 이번에 처음 이 발상을 떠올린 것처럼 말했다.

조력자들의 사기 관리가 얼마나 중요한지, 로렌은 지난 스물여섯 번의 시도를 통해 질릴 정도로 배웠다. 이미 한 번 실패한 방법론을 제시하는 건 설득력이 떨어진다. 설령 그것이 가장 효율적이고 합리적인 방법일지라도 말이다.

'쉽게 말하자면 약을 팔아야 하지.'

약은 아주 잘 팔릴 것이다. 미래를 보고 온 것은 오직 로렌뿐이니 말이다.

"적들이 대공세를 가하기 전에 우리가 먼저 움직일 거야. 준비 시간은 더 줄어들게 되겠지만, 이게 더 나아."

로렌은 자신만만하게 말했다. 마치 거의 성공할 뻔했던 것 같은 태도를 취했다. 허세는 중요하다. 항상 부리고 있어야 한다.

"회귀 주문으로 미래의 기억을 가져온 덕택에 여러 가지를 배울 시간은 절약할 수 있게 되었지만, 준비 시간이 줄어든 탓에 할 게 줄어들지는 않았어. 오히려 더 많아졌지."

회귀 주문을 처음 썼을 때만 해도 로렌은 이 세계에 대해 구석구석까지 다 알고 있었다고 생각했지만, 회귀를 반복할수록 그는 자신이 이 세계를 너무 몰랐다고 깨닫기만 했다. '이번'에 생각지도 못한 기연을 얻어 슬레인과 릴리를 조력자로 얻은 것처럼 말이다.

그리고 지난 스물여섯 번의 시도를 하는 동안 새롭게 알게 된 것들을 회수하러 또 떠나야 했다. 회귀 주문의 영향을 받기 직전까지의 로렌은 스스로에게 조금 여유가 생겼다고 생각했었지만 그건 착각에 불과했다.

로렌은 아직 바빴다.

그럼에도 불구하고 거를 수 없는 게 있었다.

"그 전에 밥 한 끼 먹자."

당연한 이야기지만 멸망 이후의 세계에 사람이 먹을 만한 건 조금도 남아 있지 않았다. 로렌은 공력의 힘과 회복 주문을 통해 허기를 달래야 했다.

멸망 직전까지도 사람들은 기아에 시달려야 했고, 최전선에 서서 싸우는 로렌이라고 해도 배불리 먹을 수 있는 건 아니었다. 아니, 오히려 먹지 않고도 버틸 수 있기에 반드시 먹어야 하는 이들에게 양보했다.

비록 회귀 주문을 써서 신체 상태는 정상으로 돌아왔지만,

정신적 허기는 조금도 가시지 않았다. 이를 해소하기 위해서는 지금 당장 뭘 좀 먹을 필요가 있었다.

되도록 맛있는 걸로.

이 세계를 지켜야 할 동기 부여가 될 정도로 맛있는 거라면 두말할 나위 없겠다.

*　　　　*　　　　*

"이럴 수가! 드래곤보다 더 맛있는 게 이 세상에 있었을 줄이야!"

"드래곤은 식재료가 아니야……. 그런데 이거 정말 맛있네!!"

릴리와 오하라가 감탄하면서 먹고 있는 건 다름 아니라 치킨이었다.

로렌은 미리 계획해 두었던 치킨 프랜차이즈 사업에 투자금을 회수하기는 했지만, 이미 투자한 지역에 한해서는 그냥 내버려 두었다. 이미 투입된 투자금을 빼내는 게 더 손해라 판단했기 때문이었다.

그리고 그 이미 투자한 지역이 바로 레물로스 왕국과 다르키아 왕국이었다.

통닭 튀김을 주류로 하던 레물로스 왕국에서도 로렌의 조각 튀김 프랜차이즈는 잘나가고 있었고, 다르키아 왕국에서도 승승장구하고 있었다. 만약 예정대로 투자를 진행했더라면 3년 내에 투자금을 다 회수하고 10년 내에 대륙 전체를 뒤덮고도 남았으리라.

이토록 사업이 잘되는 원동력은 물론 초기 투자 자본의 규모와 두 왕국에서 로렌이 차지하는 정치적인 영향력 덕도 있었지만, 무엇보다 이 닭튀김이 맛있기 때문이었다.

이 치킨과 맥주를 먹기 위해서라도 이 세계를 지켜야 한다고 생각할 수 있게 될 만큼.

로렌과 함께 1년간 레물로스 왕국을 여행한 덕분에 이미 닭튀김은 먹을 대로 먹어본 스칼렛과 멜라니마저도, 아무 말도 하지 않고 일단 치킨부터 입안에 잔뜩 밀어 넣을 정도였다.

그 와중에 슬레인만 심각한 표정을 짓고 있었다. 그의 입안에도 닭고기가 가득 들어차 있었고, 계속해서 씹어 삼키고 있긴 했지만 말이다.

로렌의 입장에서 보자면 슬레인이 이러는 것도 하루 이틀 일이 아니다. 물론 이건 로렌이 '오늘'을 몇 번씩이고 반복한 탓에 그렇게 느끼는 것뿐이지만, 그래도 로렌은 굳이 슬레인이 무슨 생각 하느라 그렇게 미간을 찌푸리고 있는지 묻지 않았다.

이미 여러 번 물어봤고, 그래서 답을 알기 때문이다.

슬레인은 이미 로렌이 자신보다 강하다는 걸 잘 안다. 함께 흡혈귀 퇴치를 하며 슬레인은 그 사실을 뼈저리게 느꼈다.

그렇게나 강한 로렌이 실패하고 과거로 되돌아오는 선택을 했다.

그렇다면 과연 과거의 용사인 자신이 이 사태에 도움이 크게 될 것인지에 대해 슬레인은 심각하게 고민하고 있었다.

그 고민에 대한 답은 심플했다.

당연히 도움이 된다.

슬레인 정도의 전투력을 지닌 인재는 흔치 않다. 무엇보다도 슬레인은 그 어떤 절망적인 상황에서도 절대 전의를 잃지 않는다. 다른 모든 이들이 미쳐 버리더라도 슬레인은 제정신을 차리고 로렌과 등을 맞대준다.

로렌에게 있어서 슬레인은 그 누구보다도 믿음직한 전우였다.

굳이 입을 열어 슬레인의 고민을 해결해 줄 필요가 없음을 로렌은 잘 알고 있었다. 그는 스스로 극복할 것이며, 스스로 정답에 도달할 테니까.

그래서 로렌은 맘 편하게 치킨을 뜯고 맥주를 마실 수 있었다.

*　　　*　　　*

다르키아 왕국에 도착한 김에 로렌은 루시아 대공령에 들르기로 했다. 인류 의회의 의원인 예카테리나와 만나 해야 할 이야기가 있었기 때문이었다.

"간만에 뵙습니다, 호국경 각하. 레물로스 왕국에 계셨다고 들었습니다만."

루시아 대공은 로렌을 반겨주었다. 로렌은 적당히 말을 맞춰주고 곧장 예카테리나와의 대담을 청했다. 이 대담을 연결해 주는 것 자체가 루시아 대공에게는 신탁을 해결하는 것이었기에, 그녀는 두말없이 로렌의 청을 들어주었다.

"오랜만에 뵙는군요, 호국경 각하."

예카테리나는 농담이라도 하듯 밝은 표정으로 웃으며 그렇게 말했다. 조금 전, 루시아 대공으로서 했던 인사를 반복하는 것이 그녀로서는 재미있는 모양이었다.

"아니, 생자와 사자가 갖는 회담으로서는 오히려 간격이 짧은 편인가요."

예카테리나는 웃어 보이고 있긴 했지만 그녀의 표정과 말투에서는 숨길 수 없는 피로와 스트레스가 묻어 나오고 있었다.

그도 그럴 만했다. 불과 한 달 전에 로렌은 인류 의회에 폭탄을 던지고 갔으니까. 요 한 달간 그녀는 격무에 시달렸을 터였다.

비록 산 자의 육체를 가지고 있지 않은 인류 의회의 죽은 자들이라 한들 정신적 피로는 피해가지 못했다. 육체를 가지고 있지 않기에 오히려 더 취약하다 할 수 있었다.

"당신들 인류 의회가 용의 연대 말기쯤 다르키아의 용사를 용의 영계로 보낸 사실을 기억하고 있을 겁니다. 저는 그를 되찾아왔죠. 그에 대한 보상을 받고 싶습니다."

로렌은 거두절미하고 필요한 말부터 했다.

"다르키아의 용사를요? 다르키아 슬레인 말인가요? 그게 정말입니까?"

예카테리나는 크게 놀라 되물었지만 로렌은 대답하지 않았다. 그저 말없이 루시아 대공의 모습을 취한 예카테리나를 응시하고 있을 따름이었다.

"그것이 정말이라면 저희는 당신께 크게 사례하지 않으면 안 됩니다. 임무를 마친 다르키아의 용사를 회수하기 위해 우리는 갖은 노력을 다했지만 모든 시도는 무위로 돌아가고 말았죠. 저희가 해야 하지만 하지 못한 일을 대신해 주셨으니, 응당 대가를 지불해야 합니다. 아무리 지금 인류 의회가 어려운 상황이라 하더라도 말입니다."

로렌은 그런 예카테리나의 말에 분노하거나 신경질을 내지 않았다.

지난 몇 번간 진실을 알게 된 로렌은 인류 의회의 행태에 꽤나 분노하고 성토했으나 지금은 그것이 무의미한 일임을 깨닫고 있었다.

당시의 인류 의회가 다르키아의 용사 회수에 소극적이었고, 그들 중 일부는 슬레인에 관한 기록을 삭제하려 시도했다는 사실은 로렌도 이미 알고 있었다. 그들은 인류의 영웅이 인류 의회에 들어와 발휘할 영향력을 두려워했고, 슬레인이 영원히 실종되어 있길 바랐다.

슬레인에 대한 기록을 말소하려 시도한 자들은 후일 인류 의회의 다수당이 바뀐 뒤 처벌되었다. 인격을 말소당하고 순수한 영혼 에너지로 환원되는, 물질계로 치면 사실상의 사형으로 봐도 될 정도의 고강도 처벌이었다.

그 처벌을 내린 자들도 뒤늦게라도 슬레인을 찾으려 하지는 않았으니 로렌이 보기엔 똑같은 자들이었다.

그렇다 한들 수천 년 전의 일이다. 잘못을 저지른 자들은 이미 다 영혼 에너지로 환원되거나 기억을 지우고 환생하기를 택했다. 인간의 육신도 백 년을 못 살지만, 그 영혼 또한 천 년의 세월을 버티지 못한다. 허망한 일이다.

애초에 예카테리나는 지구 출신인 데다 인류 연대에 들어와서야 의원이 된 케이스다. 그녀에게는 책임이 없었다.

그럼에도 불구하고 슬레인에 대한 진실을 알게 된 로렌은 예카테리나에게 온갖 험한 말을 쏟아냈었다. 감정을 통제하지 못한 것이니, 부끄러운 과거라 말해도 좋다. 로렌 외에는 아무도 기억하지 못하는 과거라 다행일 뿐이었다.

인류 의회를 적으로 돌리는 건 어리석은 짓이다. 그들 중 상당수는 도움이 안 되고 일부는 적이기까지 하나, 그것이 인류 의회 전체를 적으로 돌릴 이유는 되지 않는다. 로렌의 아군이 될 파벌을 지원하고 그럼으로써 인류 의회를 자기 뜻대로 움직이는 편이 더 낫다.

그리고 그것이 가장 온당한 복수였다.

"저는 영혼의 용량이 가득 차 더 이상 축복을 받을 수 없으니, 다른 방법으로 대가를 얻고 싶습니다."

로렌은 이미 생각한 바대로 이야기를 꺼냈다. 예카테리나는 다소 긴장하며 로렌의 말에 대답했다.

"말씀해 보십시오."

"드래곤의 소유를 정식으로 허가받고 싶습니다."

예카테리나의 표정이 약간 굳었다. 처음 이 제안을 꺼낼 때만 해도 로렌은 긴장했었다. 그도 그럴 만했던 게, 인류 의회가 드래곤에 대해 얼마나 히스테릭한 반응을 보이는지 잘 알기 때문이었다.

굳이 소유라는 단어를 쓴 것도 그런 인류 의회 의원들의 정서를 반영한 결과물이었다. 이전까지는 동료로 삼겠다, 전력으로 삼겠다, 같은 표현을 사용했지만 그리 좋지 못한 반응을 얻었다. 적어도 지금보다는 날카로운 반응을 보였다.

말만 해도 이 정도다. 아무 말도 없이 전선에 스칼렛, 멜라니, 오하라 등의 드래곤들을 내보냈을 때의 반응이 어땠겠는가?

이래서 '대가'로 '허가'를 얻을 필요가 있는 것이다.

"…알겠습니다. 허가하겠습니다. 평소라면 절대 내리지 않을 허가이지만, 상황이 상황이니만큼 어쩔 수 없죠. 드래곤의 알이라도 구하셨나 보죠?"

처음 제안할 때와 달리 지금은 긴장하지 않은 이유는 이 제안이 받아들여질 걸 이미 알고 있었기 때문이다.

지금 인류 의회에는 자원이 부족하다. 로렌에게 적절한 대가를 지불하려면 일반 당원들뿐만 아니라 의원들까지도 영혼 에너지로 환원해야 할 터였다. 그러니 에너지를 소모하지 않는 방향으로 대가를 지불할 수 있다면 당연히 그럴 것이다.

로렌이 동료로 두고 있는 드래곤은 알 하나 정도가 아니라 성체 세 마리지만, 이미 허가가 난 이상 상관이 없는 일이다. 그렇다고 지금 당장 알이 아니라 성체 셋이라고 밝힐 마음은 없었다.

그 대신, 로렌은 곧장 다음 대가를 제안했다.

"그리고 토르코니아 1세의 유폐형을 끝내주십시오."

토르코니아 1세, 마리. 바스타드인 그녀는 지나치게 유능했기에 인류 의회가 일사부재리의 원칙마저 어기고 유폐형을 내린 대상이었다. 말하자면 인류 의회에게 있어서도 가리고 싶은 존재였으리라. 그런 그녀의 이름을 말하니, 예카테리나로서도 당혹을 감추지 못하는 기색이었다.

"토르코니아 1세에 대해서도 알고 계셨군요. 하지만……."

예카테리나는 완곡하게 거절의 말을 늘어놓으려고 했지만, 로렌은 그 이야기를 다 들어주고 있을 생각이 없었다.

"동부 전선을 맡아 싸워줄 사람이 필요합니다. 초대 황제의 능력으로밖에 할 수 없는 일입니다. 그녀 본신의 힘도 반드시 필요하고요."

로렌은 입에 기름이라도 바른 듯 술술 말했다. 그런 그의 말에 예카테리나는 반박의 말을 찾으려는 듯 입을 뻥긋거리다 포기하고 말했다.

"…마치 보고 오신 것 같군요."

"제가 한 달 전에 어떤 이야기를 듣고 왔는지 벌써 잊으신 건 아니겠죠?"

로렌의 말에 정곡을 찔린 듯 움찔한 예카테리나는 한숨과 함께 고개를 끄덕이고 말았다.

"알겠습니다. 받아들이도록 하죠."

여기까지는 매번 해왔던 일이다. 긴장할 필요도 없었고, 그냥 대본대로 말하는 것과 별 차이 없는 반복 작업이나 다름없었다.

하지만 이제부터는 아니다. 로렌은 이번에 선을 하나 넘기로 했다.

사실 매번 선은 하나씩 넘어왔다. 이제까지 실패했으니, 성공을 위해 이전과는 다른 변수는 적어도 하나씩은 추가해야 하기 때문이다. 그중에는 이렇게 로렌에게 호의적으로 많이 양보를 해주는 예카테리나를 분노하게 만든 시도도 있었다.

아무렇지도 않게 로렌과 마주 앉아 이야기를 하고 있는 이 예카테리나는 로렌이 처음 예상한 것과 달리 상당히 고위층 인사였다.

무려 여당 대표였다. 지구의 한국으로 예를 들자면 대통령이나 다름없는 직위에 앉아 있는 거물이다. 더 정확히는 내각제의 총리겠지만, 어느 쪽이든 적으로 돌리면 굉장히 귀찮아진다. 로렌으로서도 긴장을 할 수밖에 없었다.

입술을 한 번 핥은 로렌은 망설임을 끊어내고 곧장 내용을 말했다.

"마지막으로 용사 다르키아 슬레인에게 인류 의회에 참석할 권한을 주시죠."

"그, 그건……!"

에카테리나의 입술 끝이 떨렸다. 드래곤의 이야기를 할 때보다 더욱 노골적인 반응이다. 인류 의회의 의원들도 어쩔 수 없는 사람이다. 선이나 정의보다 자신의 이득이 침해당한다고 느낄 때 더 민감하게 반응한다.

그렇기에 로렌은 빠른 목소리로 덧붙였다.

"걱정하지 마십시오, 에카테리나. 그가 자신의 혈족에 속할 것이라 생각하지 마십시오. 그는 진짜 용사입니다. 자신의 종족이 아니라 인류 전체를 위해 봉사할 것입니다."

이것은 진실이다. 슬레인은 갑갑할 정도로 우직한 용사다.

"그리고 에카테리나, 당신의 당파가 이 세계를 지키려 노력하는 이상 그는 당신들의 편을 들어줄 겁니다. 다르키아의 용사인 그를 내세우면 통과시키기 어려운 안건이라도 상대 당파를 설득하는 데 상당한 도움이 되겠지요."

"…저희가 인류의 용사를 이용할 거라고 생각하시는 겁니까?"

말은 불쾌한 것처럼 했지만, 명백히 아까보다 누그러진 태도였다. 로렌은 내심 마음을 놓으며 이어 말했다.

"그래야지요. 그래야 할 상황입니다. 이 세계를 지키기 위해서라면 수단과 방법을 가리지 않아야 합니다."

더 시간을 끌어봐야 의미도 없는 일이라 판단한 로렌은 [리콜을 사용해 바깥에 대기시켜 두고 있던 슬레인을 불러들였다.

별로 놀랄 일은 아니다. 스물여섯 번을 지내며 로렌의 정신 능력 또한 향상되었고, 모건 르 페이 외의 일행을 리콜로 불러들이는 것도 가능해졌다.

일행이 아닌 이라도 동의를 받으면 리콜할 수 있으며, 사실 동의를 받지 않고 강제 리콜도 가능하지만 슬레인을 상대로는 둘 다 필요 없다.

슬레인은 로렌의 동료이며 이번 리콜에 동의했으니까.

슬레인의 모습이 나타나자, 로렌은 예카테리나에게 그를 소개했다.

"소개드리죠. 다르키아 슬레인입니다."

"…진짜 다르키아 슬레인……!"

몇 번 눈을 깜박거리며 뚫어져라 슬레인을 바라보던 예카테리나는 어느 순간부터인가 감격스러운 듯 손으로 자신의 입을 막았다. 얼굴은 붉게 물들었고 두 눈엔 눈물마저 글썽이고 있었다.

예상한 대로의 반응이었다.

슬레인은 눈빛으로 '저 여자 왜 저러냐'고 물었다. 로렌은 대답하지 않았다. 그녀가 곧 자기 입으로 말할 것이기 때문이다.

"팬이에요! 사인해 주세요!!"

의원으로서의 체면이나 자존심 같은 가면을 벗어던진 채, 예카테리나는 십 대 소녀처럼 외쳤다. 이미 인류 의회로부터 여러 번 젊어지는 축복을 받은 루시아 대공의 외견이 십 대 소녀이기에 그러한 그녀의 행동은 겉보기와 정말 잘 어울렸다.

지난번에 슬레인과 대면시켜 줬을 때 예카테리나가 이런 반응을 보여주었기에, 로렌도 '선을 넘은' 이번 시도를 할 수 있게 된 것이다.

"사인? 그게 뭔데?"

안타깝게도 슬레인은 예카테리나의 요청에도 고개를 갸웃거릴 뿐이었다. 로렌은 피식 웃으며 예카테리나를 위해 한마디 해줬다.

"악수나 해줘."

로렌의 말에 따라 슬레인은 예카테리나에게 손을 내밀었다.

그러자 예카테리나는 바들바들 떨리는 손을 조심스럽게 뻗었다. 손가락 끝이 서로 스치자, 예카테리나는 '꺄아아아악' 하고 기성을 질러대었다.

"만졌어! 다르키아의 용사를!!"

예카테리나의 격렬한 반응 탓에 슬레인의 눈동자가 불안

한 듯 흔들리자, 로렌은 그의 등을 살짝 두드려 안심시켜 주었다.

"슬레인, 이분은 인류 의회의 의원이시고… 정확하게 하자면 현 여당의 대표야. 이해하기 힘들겠지만, 뭐 왕 같은 걸로 생각하도록 해. 그리고… 직접 소개를 하시는 편이 낫겠죠?"

"예카테리나예요!"

예카테리나는 발작적으로 외쳤다.

"웃기다고 생각하시겠지만, 그… 저는 영상 기록이나 문자 기록으로밖에 당신을 접하지 못했어요. 그래도 당신의 일거수일투족이 제 마음을 사로잡았어요. …사람이 어떻게 그렇게 살 수가 있죠?"

지극히 흥분한 예카테리나의 말에는 두서란 게 없었다. 그러나 마지막 말에만큼은 로렌도 공감할 수 있었다.

지난 스물여섯 번 동안 슬레인과 함께 멸망의 싸움을 해온 로렌도 몇 번이나 생각했다.

사람이 어떻게 이렇게 살 수가 있지?

이렇게 말이다. 그리고 이 질문에 다르키아의 용사는 이런 대답을 한다.

"이렇게 태어났기 때문이겠죠."

슬레인의 입장에선 다른 사람들이 왜 자신처럼 살 수 없는지 이해하기 힘들 것이다. 그럼에도 그는 잘못된 선택을 한 이들을 비방하지 않는다. 오히려 그들을 이해해 주려 노력한다.

로렌이 보기에 그는 사람으로 태어난 게 아니다. 아마 다른 사람들도 그렇게 생각하리라. 슬레인 본인의 말대로, 그는 이렇게 태어난 것이다.

"…알겠습니다, 호국경 각하. 그는 진짜 용사로군요. 제의를 받아들이겠습니다."

간신히 진정한 예카테리나가 아직 떨리는 목소리로 말했다.

"슬레인, 내가 말했던 제의가 통과된 거야. 축하해."

"아, 그렇군."

로렌은 슬레인에게 미리 이번에 할 새로운 시도에 대해 말해두었다. 그러니만큼 그는 이번에 자신이 어떤 힘을 얻었는지 잘 알았다.

"고맙습니다, 예카테리나 씨."

"악수해 드려."

예카테리나의 기성이 다시 한 번 루시아 대공의 집무실에 울려 퍼졌다. 앞으로 측근들에게 이상한 오해를 살 대공에겐 참 유감스러운 일이겠지만, 이 또한 신탁이니 별수 있겠는가.

*　　　　*　　　　*

예카테리나와의 대담이 끝난 후, 루시아 대공은 갑자기 나타난 슬레인의 존재에 놀랐으나 크게 문제 삼지는 않았다.

로렌은 호국경이다. 그의 일행이라면 일개 대공이 건드리지 못하는 게 당연했다.

로렌은 루시아 대공에게 슬레인이 다르키아의 용사라고 소개하지는 않았다. 대공은 다르키아의 용사를 모른다. 소개해 봐야 의미가 없는 일일 뿐이다.

대공도 모르니, 다른 이들도 모른다. 수천 년이 지난 지금, 다르키아의 용사를 기억하는 건 로렌과 인류 의회 정도였다.

세월의 흐름이란 인류를 구한 용사마저도 잊게 만든다. 가혹하지만 어쩔 수 없는 일일지도 모른다.

지구 인류에게도 수천 년 전의 일은 신화의 영역이다. 지구인이 고대 이집트 문명에 대해 알면 얼마나 잘 알겠는가? 그것과 마찬가지지였다.

하기야 별로 집착할 필요도 없는 일이다. 이제 로렌과 슬레인은 세상을 구할 것이며, 그러면 사람들은 다시 슬레인을 알게 될 테니까.

성공했을 때의 이야기지만. 로렌은 이번에야말로 성공시킬 생각이었다.

로렌과 슬레인, 두 사람은 루시아 대공의 처소에서 물러나왔다.

"수고했어, 슬레인."

"별말씀을."

슬레인은 웃으며 대꾸했다.

"인류 의회가 이렇게 물렁해질 줄이야. 그들은 항상 딱딱하고 전투적인 줄만 알았는데."

"너무 오래 평화가 지속된 탓이야."

오죽하면 전 세계의 모든 영주 자리에 인간만을 올려놓기 위해 신탁씩이나 쓰겠는가? 몇 번을 다시 생각해도 한심한 작태였다. 그러나 그런 소릴 슬레인에게 할 로렌은 아니었다.

"이제 다시 그때의 인류 의회로 돌아갈 거야. 네가 돌아왔으니까."

다시 싸움이 시작될 거니까, 라고 말하지는 않았다. 말하지 않아도 알아들을 것이다.

이제 인류 의회와 접촉하기 위해 루시아 대공을 찾아와 에카테리나를 불러달라고 할 필요가 없어졌다. 슬레인이 인류 의회의 일원이 되었으니, 이제 그를 통해 이야기하면 된다.

비록 슬레인은 여당 대표인 에카테리나와 달리 일개 무소속 의원에 불과하지만 그렇다고 발언권을 걱정할 필요는 없다. 예카테리나가 슬레인을 전폭적으로 지원할 테니까.

주도권을 빼앗길까 봐 전전긍긍하던 정치가로서의 면모는 어딜 갔는지 모르겠으나, 어쨌든 로렌과 슬레인에겐 좋은 일이다.

인류 의회에 슬레인의 팬은 예카테리나 말고도 많다. 인류 의회의 서고에는 슬레인에 대한 기록이 많이 남아 있으며, 그 기록을 열람하고 팬이 된 케이스다. 그에 대한 기록이 정치적인 이유로 한 번 삭제될 뻔했던 탓에, 그 반대파에 의해 오히려 더욱 영웅시되었다.

의원들도 팬으로서의 마음보다 의원으로서의 이해득실을 더 우선시하기야 하겠지만, 그렇다 하더라도 슬레인이 의회 내에서 큰 발언권과 강력한 지도력을 얻게 될 것은 명확했다.

이로써 로렌은 인류 의회를 등에 업게 되었다. 드래곤을 공개적으로 전력으로 들일 수 있게 되었으며, 토르코니아 1세, 즉 마리도 유폐에서 풀려나 마음껏 활동할 수 있게 되었고, 인류 의회가 감추고 있던 축복받은 자들의 조력 또한 얻을 수 있게 되었다.

사실을 짚자면 이제까지도 그랬지만, 적재적소에 아낌없이 지원을 해주지는 않았다. 하나를 지원할 때마다 의회 내에 반대하는 세력이 있었고, 그들과 정치적 거래를 해야 했다. 하지만 슬레인이 한마디씩 보태준다면 의회 내 정치 세력의 균형을 무너뜨릴 수 있을 것이다.

결과적으로 로렌은 인류 의회로부터 더욱 적절한 시기에 적절한 조력을 얻게 되리라. 이 차이가 얼마나 큰 변인이 될지는 모르나, 어쨌든 조금 더 도움이 될 것은 확실했다.

"어쨌든 내가 도움이 된다니 다행이로군."

"네가 도움이 되지 않은 적은 없어, 슬레인."

로렌은 가볍게 말했다.

"자, 가자. 이건 시작일 뿐이야. 아직도 할 일이 태산같이 쌓여 있어."

*　　　*　　　*

다르키아 왕국이 다르키아 슬레인의 후손들이 세운 나라니, 사실 슬레인은 지금 왕실로 가서 국왕 자리에 앉아도 될 것이다. 그러나 슬레인의 후손들조차 슬레인을 모르는데 그런 무리수를 둘 이유가 없으며, 무엇보다 슬레인 본인이 그것을 원하지 않는다.

그러므로 로렌은 다르키아델의 왕궁에는 들르지 않고 바로 브뤼델로 향했다.

"여러 번 한 일이지만 또 긴장되는군."

로렌이 브뤼델에 가서 가장 먼저 찾은 곳은 바투르크의 기사 양성소였다. 로렌은 지금으로부터 한 달 전에 바투르크에게 실수를 했다. 아무리 이 세계의 멸망을 보고 온 직후라 정신적으로 크게 흐트러져 있었다지만, 그래선 안 됐다.

"크흠."

한 번 헛기침을 한 후, 로렌은 기사 양성소 안으로 들어갔다.

"주군!"

바투르크는 로렌이 찾아오자마자 그를 반겨주었다. 이 늙은 오크 기사의 충정은 주인 된 로렌의 폭거에도 별 변함이 없었다.

"바투르크 경."

"예, 주군."

바투르크는 표정이 좋았다.

"주군께서 알려주신 새 수련법이 매우 좋습니다. 그리고… 돼지 요리법도요."

"한 달 전엔 제가 실수를 했습니다. 죄송합니다."

로렌의 말에 바투르크의 표정이 살짝 굳었다. 잠시였다.

"아닙니다, 주군. 그럴 만한 일이 있으셨겠지요."

"물론 그럴 만한 일이 있긴 했습니다."

로렌이 한 실수란 건 물론 바투르크에게 무례한 언행을 한 것도 있었다. 하지만 그뿐만이 아니었다. 그는 자신의 행동에 대해 제대로 설명해야 했다.

"3년 후에 이 세상이 멸망할지도 모릅니다."

"…예?"

"아니, 사실 아무것도 하지 않으면 세상은 멸망합니다."

"그게 무슨……."

로렌은 자신이 회귀자임을 밝히고, 3년 후에 찾아올 멸세의 괴물들에 대한 이야기도 했다. 바투르크는 쉬이 믿을 수 없는 듯 눈을 껌벅였으나, 텔레파시로 전달된 3년 후의 심상을 보고는 결국 납득하고 고개를 끄덕였다.

"그러셨군요."

"경의 도움이 필요합니다."

바투르크는 로렌이 가져온 갑작스러운 이야기에 고통스러운 듯 침음성을 냈지만, 되도록 밝은 목소리로 대답했다.

"언제나 그래왔듯, 제가 도울 일이 있다면 힘껏 돕겠습니다."

바투르크의 충성이 어긋난 일은 지난 26번의 시도 동안 단 한 번도 없었다. 그렇기에 로렌은 그에게 더욱 예의를 지켜야 했다. 그는 그런 대우를 받을 자격이 있었다.

우선 로렌은 2년 안에 승화의 경지에 오른 기사 10명 이상을 배출하라는 명령을 취소했다. 바투르크는 그 명령을 수행해 낼 능력이 되지만, 그래서야 바투르크 본인이 더 강해질 여지가 없다.

로렌의 대전략은 방어에서 공격으로 바뀌었으며, 그에 따라 육성 계획 또한 대규모의 방어군을 양성하는 대신 소수의 고급 인력에 시간과 자원을 집중하는 것으로 바뀔 수밖에 없었다.

그렇기에 로렌은 육성시킬 인원을 바투르크 본인을 포함해 5명으로 축소시켰다.

바투르크, 구유카르크, 몽카르크, 수부타르크.

"바투르크 경에게서 기사도를 배우도록 해, 슬레인."

그리고 슬레인이었다.

"알았어."

로렌은 슬레인을 리콜로 불러오자마자 거두절미하고 배우란 말밖에 안 했는데도, 슬레인은 두말 않고 로렌의 말에 따랐다. 그가 이런 반응을 보일 줄 알고 있었음에도, 로렌은 어쩐지 매번 감동하고 말았다.

뭔가를 배우고 익힐 시간도 2년 정도밖에 되지 않으니, 여러 가지를 한꺼번에 배울 수는 없었다. 로렌은 본인이 슬레인에게 가르쳐 줄 만한 것들 중 여러 가지를 시험했지만, 슬레인에게 가장 잘 맞는 건 기사도였다.

그리고 기사도를 가르치는 데 있어서만큼은 로렌보다 바투르크가 더 낫다는 것도 이미 경험으로 증명되었다. 로렌이 가르쳤을 때 슬레인은 탈각의 영역에 한 번 이르는 것에 그쳤지만, 바투르크의 가르침을 받으면 2년 내에 승화의 영역에까지 올랐다.

경지와 깨달음은 바투르크를 추월한 지 오래지만, 가르침에 있어서만큼은 로렌이 여전히 바투르크를 앞지르지 못했다. 이 사실은 로렌을 그리 불쾌하게 만들지 않았다. 오히려 자신이 가장 훌륭한 스승에게서 기사도를 사사받았음을 자랑스럽게 여기도록 만들었다.

"그럼 바투르크 경, 내 친구를 잘 부탁합니다."

"알겠습니다, 주군."

바투르크는 두말 않고 로렌의 요청을 받아들였다. 더 이상의 설명을 요구하지도 않았다.

이 기회에 오랜만에 바투르크의 돼지 한 마리와 함께 술잔을 나누며 한껏 떠들고 싶은 마음은 굴뚝같았지만, 유감스럽게도 로렌은 아직 할 일이 많았다.

*　　　*　　　*

"다음은 너야, 멜라니."

로렌은 멜라니를 리콜로 불러들인 후에 말했다.

"마법을 배워."

드래곤이 인류에게 마법을 배워야 하다니. 어떻게 보면 좀 기괴한 일이 될 수도 있겠지만, 그녀에게 교육이 필요한 건 사실이었으므로 어쩔 도리가 없었다.

"내가 잘할 수 있을까?"

"잘할 수 있어."

다소 불안해하는 멜라니에게 로렌은 용기를 불어넣어 줬다.

"네겐 재능이 있거든."

이 말은 진짜였다.

오하라도 오닉스 드래곤은 마법에 재능이 있다고 한 번 언급한 적이 있었고, 이는 사실로 드러났다. 지난 몇 번간 멜라니는 다양한 시도를 해봤지만 그중 가장 효율적이었던 건 바로 현대 마법의 습득이었다.

멜라니에게 마법을 가르치는 건 로렌이 담당하는 게 가장 효율적이겠지만, 로렌이 멜라니에게 매달려 있는 것보다는 그녀의 교육을 다른 사람에게 맡기고 로렌은 다른 필요한 행동을 취하는 것이 전체적으로는 더 효율적이었다.

그러므로 로렌은 멜라니에게 다른 선생을 붙여야 했다.

"이 아가씨에게 마법을 좀 가르쳐 주셨으면 합니다, 레윈 씨."

그 선생이란 바로 세간에 돌풍을 일으키고 있는 명저, '마법의 정석'의 저자인 레윈이었다. 어느새 현대 마법에 있어선 세계 2인자 자리에 오른 그는 드래곤의 스승으로 조금도 부족함이 없었다.

실제로 지난번에 멜라니는 레윈의 가르침을 받고 별의 영역에까지 올랐다. 레윈이 잘 가르친 덕택이기도 했지만, 멜라니가 이미 오하라에게 충분한 배움을 얻었기 때문이기도 했다.

"아름다운 아가씨로군. 그런데……."

멜라니는 지금 로어 엘프의 모습을 취하고 있었다. 다른 이유가 아니라, 로어 엘프가 마법을 배우는 데 가장 유리한 종족이기 때문이다. 이 또한 명률법의 수혜였다.

초기의 로렌처럼 명률법에 대한 이해도가 낮다면 단지 형태만을 빌릴 뿐이었을 테고, 그랬다면 종족적 특성을 얻는 것 또한 무리였을 것이다. 다행히 멜라니의 명률법은 그 정도로 수준이 낮지 않았다. 아직 어리지만 역시 드래곤이라 할 만했다.

로어 엘프가 되었다고는 해도 그녀의 아름다운 검은 머리칼은 그대로였다. 엘프 중에도 검은 머리칼의 엘프가 없는 것은 아니지만 역시 드물었다.

"로렌, 이 아가씨에게 내가 특혜를 줘가며 따로 특강을 해야 할 이유가 있을까?"

로렌이 자작령을 놓아 그레고리 남작령에게 돌려주면서, 레윈의 집정관 직분 또한 소멸해 버렸다. 그래서 지금의 레윈은 브뤼델 대학의 학장과 선임 교수직을 동시에 맡고 있었다. 그런 레윈의 직계 제자가 되기 위해서는 적절한 명분이 필요했다.

그 명분이란 건 로렌이 그러라고 지시하는 것만으로도 충족된다. 어쨌든 대학의 소유주는 로렌이니까 말이다. 그러나 로렌은 그게 그리 좋은 선택이 아니란 걸 알고 있었다.

로렌은 이미 최고의 선택지에 대해 잘 알고 있었다.

"그야 레윈 씨도 이 아가씨에게 배워야 할 게 있으니까요."

정신 능력의 배움은 마력으로 전환했을 때의 효율이 대단히 높다.

멜라니가 오닉스 드래곤으로서 지닌 마법에 대한 재능과 로어 엘프의 종족적 재능도 높지만, 그녀를 별의 영역에까지 끌어 올려주는 건 바로 정신 능력에 대한 배움이었다.

"배워야 할 것?"

"네. 레윈 씨도 멜라니에게 정신 능력에 대해 배워두시는 게 좋을 겁니다. 설령 사용하지 못한다 하더라도, 정신 능력에 관한 배움은 마력 증진에 큰 도움이 될 테니까요."

뒤이은 로렌의 말은 아직 완전히 별의 영역에 오르지는 못

한 레윈의 의욕을 불태우게 만드는 데 충분했다.

"별의 몸을 만들 수도 있을 정도로?"

"별의 몸을 만들 수도 있을 정도로."

헛소리나 허세가 아니라, 잘 풀린다면 레윈은 이전까지 그래왔듯 이번에도 별의 몸을 만들 수 있을 것이다.

별의 영역에 오른 마법사의 숫자를 늘리는 것은 인류 전체의 전력 상승에 직결된다. 그런 의미에서 레윈뿐만이 아니라, 인류를 위한 인선이라고도 할 수 있었다.

"과연, 그렇군!!"

레윈은 책상을 주먹으로 내려치며 그 자리에서 벌떡 일어섰다.

"멜라니 양, 앞으로 많은 지도 편달 부탁드립니다."

"아, 네!"

레윈의 갑작스러운 태도 변화는 멜라니를 조금 움츠러들게 만들었다.

레윈에게 줄 보상은 별의 몸으로 충분했지만, 멜라니의 의욕에 불을 지르는 데는 그냥 마법만 갖고는 안 된다는 것을 로렌은 경험으로 알고 있었다.

"열심히 배우면 널 어른으로 만들어주마, 멜라니."

로렌의 말을 무슨 의미로 알아들었는지, 멜라니의 얼굴이 발그레하니 달아올랐다.

당연하게도 로렌의 의도는 '널 탈각의 경지로 올려 성체로 만들어주겠다'는 의미였지만, 굳이 멜라니의 오해를 정정하지는 않았다. 정정하지 않는 편이 더 효율적이란 걸 학습했으므로 그렇게 결정했다.

아마도 멜라니와 비슷한 오해를 한 것 같은 레윈의 시선이 따가웠지만, 로렌은 무시했다. 한두 번 있는 일도 아니었다. '이번에는' 처음이었지만, 그런 거야 그리 중요하지 않았다.

"그럼 잘 부탁드립니다."

그 말만을 남기고 로렌은 레윈의 집무실을 빠져나왔다.

*　　　*　　　*

스칼렛은 당연히 탈란델에게 맡겨야 했다.

오하라는 레드 드래곤, 즉 스칼렛이 화염술에 높은 재능을 품고 있다고 알려주었지만, 그것과는 상관없이 스칼렛 개인은 각인기에에 번뜩이는 재능을 보여주고 있었기 때문이다.

한 번은 불꽃이라는 단어에 홀려 스칼렛에게 마법을 가르쳐 준 적이 있지만, 그녀는 마법에는 별 재능이 없었다.

그렇다고 기사도에 뛰어난 재능을 보이는 것도 아니다. 물론 스칼렛은 열심의 경지에 올랐고 공력도 다룰 수 있었지만, 공력과 기사도는 별개라는 사실을 다시 한 번 깨닫게 되었을 뿐이었다.

여러 방법을 시도해 보았지만, 스칼렛에겐 역시 각인기예가 최고였다.

하긴 불꽃과 각인기예는 어느 정도 관련이 있었다. 인간 형태에서도 스칼렛은 입으로 불을 토해낼 수 있었으며, 그 덕에 식은 쇠를 다시 불속에 집어넣는 수순을 무시하고 불을 뿜으며 계속 망치를 내려칠 수 있었다. 다소 억지긴 하지만 아예 관련이 없는 건 아닌 셈이다.

탈란델이야 이미 어느 정도 기초를 닦은지라 일곱 상격에 대해 텔레파시로 이미지를 전달하는 것만으로도 충분했지만, 스칼렛은 그게 아니었다. 그래서 스칼렛은 탈란델의 교육을 받으며 다른 상격들의 기초를 닦아야 했다.

상황이 이런데 고작 2년 만에 모든 상격을 손에 넣는 건 비현실적인 목표지만, 로렌은 어떻게 해야 스칼렛으로 하여금 그 비현실적인 목표를 이루게 만들 수 있는지 잘 알고 있었다.

그것은 로렌이 때때로 스칼렛을 찾아와 멜라니가 대단한 성취를 이뤘다고 말해주는 것이었다. 이 말을 듣고 난 스칼렛은 동생에게 질 수는 없다며 꺾여가던 열의를 다시금 불태우게 되고, 그럼으로써 성취에 걸리는 시간을 대폭으로 단축할 수 있었다.

유치한 방법이었지만 효과가 있으니 별수 있겠는가. 이보다 더 효과적인 방법도 없었다.

"스칼렛을 내게 돌려준다니, 정말 좋군."

탈란델은 로렌과 스칼렛을 맞이하며 그답지 않게 활짝 웃었다. 로렌은 그런 그의 발언을 이렇게 정정했다.

"스칼렛은 여전히 내 거야, 탈란델. 지금은 잠깐 네 제자로 들이는 거지."

"뭐, 뭐?!"

스칼렛의 얼굴에 붉은 기가 확 번졌지만, 로렌은 신경도 쓰지 않았다. 그런 스칼렛의 반응이 마음에 들지 않는지, 탈란델이 툴툴거렸다.

"흥, 그래."

로렌은 화제를 바꿀 필요를 느꼈다. 지난 스물여섯 번의 경험상, 이 화제를 오래 끌어 좋을 게 없다는 걸 로렌은 이미 학습한 상태였다.

"일곱 상격은 전부 완전히 습득했나?"

그리고 새로운 화제로 무엇이 가장 적절한지도 로렌은 알고 있었다.

"그래, 로렌. 네 덕분에. 하지만 로렌, 이제 내게 설명해 주면 안 되나? 어떻게 일곱 상격의 깨달음을 미리 얻을 수 있었던 거지?"

"길게 설명할 시간은 없군."

로렌은 그냥 탈란델에게 회귀 주문과 3년 후의 미래에 대한 심상을 쏴주었다. 처음 멸망을 겪은 직후에는 친인이나 지인에게 멸망에 대해 알리는 걸 꺼려 했지만, 이제 그럴 시기는 지났다. 스칼렛의 의욕을 끌어 올리는 것만큼이나 탈란델의 의욕을 끌어 올리는 것도 중요했다.

"이, 이건……!"

"이제 내가 왜 이런 행동을 했는지 알겠지?"

"…하… 그래."

탈란델은 깊은 한숨을 내쉬었다. 그리고 무거운 말투로 로렌에게 물었다.

"내가 뭘 하면 되지?"

"제자들에게 최소한 유지의 격을 습득시키고, 스칼렛을 가르치고……."

로렌의 눈이 빛났다.

"그것 말고도 할 일이 많지."

*　　　*　　　*

탈란델이 해줘야 할 일은 로렌이 해야 할 일만큼이나 많았다.

로렌이 탈란델보다 먼저 일곱 상격을 얻긴 했지만, 이건 그저 회귀 주문으로 3년을 여러 번 반복한 덕일 뿐이었다. 탈란델이 로렌보다 뛰어난 기술자라는 건 이제 와서 다시 말할 필요도 없다.

물론 탈란델은 로렌의 26회에 걸친 경험을 따라잡을 수 없으니, 결국 더 나은 무장을 만들어내기 위해서는 둘이 서로 협력해야 했다.

"만약 나라면 지난번의 나는 네게 그 회귀 주문이란 걸 사용하기 전에 설계도를 들고 가라고 했을 텐데. 어때?"

탈란델의 발언은 날카로운 구석이 있었지만 로렌은 별로 놀라워하지 않았다. 그저 말없이 설계도의 심상을 탈란델에게 쏴주었을 따름이었다. 당연히 지난번의 탈란델이 죽기 전에 남긴 개량형의 설계도였다.

"놀랍군! 이렇게까지 개량해 내다니… 역시 나야!!"

탈란델은 로렌이 보여준 설계도를 보며 탄복했다.

당연하게도 로렌은 탈란델에게도 이번이 몇 번째 반복인지 알리지 않았다. 그가 반복해 온 횟수를 듣고도 전의가 꺾이지 않을 대상은 매우 한정되어 있었고, 탈란델은 특별한 케이스가 아니었으므로.

그래서 탈란델은 이 개량형이 나오기까지 얼마나 많은 시행착오를 거쳤는지도 깨닫지 못했다. 그냥 자신이 대단하다고 생각할 뿐이었다. 로렌은 탈란델의 그런 착각을 정정하지 않은 채 그냥 두는 편이 훨씬 낫다는 걸 알고 있었으므로 아무 말도 하지 않았다.

"그런데 로렌, 이건 다 화약을 사용하는 것 아닌가?"

"그렇지."

탈란델의 말에 로렌은 당연하다는 듯 고개를 끄덕였다.

지금의 이 세계에는 화약을 만들 재료가 없다. 그러니 화기도 무용지물. 그것이 지금까지의 상식이었다. 지구에는 질소를 이용해 화약을 만드는 법이 있지만, 아쉽게도 로렌은 그 방법을 몰랐고.

그러나 지금의 로렌은 달랐다.

"화약 만드는 법도 자네에게 배워왔으니 걱정 말게."

정확하게는 탈란델이.

"역시 나야!"

탈란델에겐 많은 말이 필요하지 않았다. 화약을 직접 만들어내기까지 얼마나 많은 시행착오를 겪었는지에 대해 그는 그리 깊이 생각하지 않았다. 그저 스스로가 천재라고 생각했을 따름이다.

그리고 로렌은 그런 탈란델의 반응이 이전까지 그래왔듯

이번에도 마음에 들었다.

*　　　　*　　　　*

탈란델에게 신형 무장의 제작을 의뢰한 후, 로렌은 그 소유의 기업 연합 로하트 그룹의 사무실에 들렀다.

“어서 오십시오, 회장님.”

사장실에 남아 있던 하이어드 네델트가 로렌의 방문을 반겼다.

“말씀하신 방주의 건조는 순조롭게 추진되고 있습니다. 이미 전개한 프렌차이즈의 지점에만 그룹의 총력을 집중했더니 영업 이익도 갈수록 늘어나고 있고요. 오히려 투자금을 회수한 지역에서 프렌차이즈 계약을 해달라고 아우성입니다. 자신들이 투자하겠다면서요. 회장님의 선견지명이 놀라울 뿐입니다.”

로렌은 놀라지 않았다. 처음 이 보고를 받았을 때는 꽤나 놀랐지만, 스물여섯 번이나 같은 말을 들으면 놀라고 싶어도 못 놀란다. 어쨌든 노리고 한 건 아니지만 결과적으로는 그렇게 된 모양이다.

그렇게 해서 번 돈으로 할 일이 있었다.

“새로운 사업을 추진할 거야.”

"명령만 내려주십시오."

하이어드 네델트는 이제는 로렌의 지시에 아무런 의문을 제기할 필요도 없다는 듯, 즉시 대답했다. 군기가 바짝 든 모습이 인상적이다. 로렌의 말을 들으면 돈을 벌 수 있다. 오직 그것만을 생각하는 듯했다.

그런 네델트에게는 미안한 일이지만 이번 사업은 돈을 벌기 위한 일이 아니었다.

"적당한 부지를 물색해서 공장을 세워줬으면 해. 브뤼델 시 외곽이 좋겠군. 내 기억에는 우리가 가진 땅 중에 있을 거라고 생각하는데."

로렌이 만들려고 하는 공장은 바로 비료 공장이었다.

물론 비료 공장보다야 화약 공장을 만드는 게 더 중요하고 시급하다. 그럼에도 불구하고 로렌이 비료 공장을 먼저 추진한 데에는 이유가 있었다.

어차피 비료 공장이 곧 화약 공장이기 때문이다.

이건 지구의 지식에 대해 다소 편식한 로렌, 즉 김진우도 몰랐던 사실이다. 공중 질소 고정법이니 뭐니 흘러가듯 들은 걸 뒤늦게 떠올린 게 아주 약간의 도움이 되긴 했지만 실제로 이론을 수립하고 현실화시킨 건 탈란델 쪽이었다.

굳이 화약 공장을 비료 공장으로 포장한 것에도 이유는 있었다. 처음부터 화약 공장을 만들면 다르키아 왕국의 왕실은 물론이고 주변국들의 오해를 살 수 있다는 점 때문이었다.

아무리 냉병기 시대로 되돌아왔다지만, 화약이라는 말을 듣고 불길함을 느끼지 못할 권력자도 적지만은 않았다.

물론 로렌은 호국경이고, 호국경 타이틀을 떼더라도 최강급의 기사이자 대마법사이다. 주변에서 뭐라 하든 실력으로 다 닥치게 만들 수 있지만, 그런 데다 쓸데없이 시간과 신경을 낭비할 이유가 없었다.

안 그래도 2년 내내 준비하는 데만도 바쁜데 아무리 별 위협이 안 된다 한들 작은 방해도 받고 싶지 않은 게 로렌의 속내였다. 그렇기에 비료 공장이 곧 화약 공장이란 건 주변에 알리지도 않았다. 이 사실을 아는 건 탈란델과 로렌, 둘 정도였다.

그리고 어차피 식량 생산성 증대를 위해 비료도 필요하다. 멸망의 때에 항상 식량이 부족해 후방이 무너지는 걸 경험한 로렌의 입장에선 화약과 비료 두 물자는 거의 동등하게 중요했다.

아무리 대전략을 방어에서 공격으로 전환했다고 한들, 만약의 경우에는 항상 대비해야 한다. 그리고 식량이 많아서 곤란할 일은 없다.

"과연, 알겠습니다. 그렇다면 비료를 뿌릴 농장을 새로 수배

해야겠군요."

네델트에게 모든 걸 다 말한 건 아니므로, 그는 로렌이 새로 만들 공장이 순수하게 비료 공장인 줄 알고 있었다.

"그래. 다른 농장들에 비해 그 산출량이 비교가 되면 더욱 좋겠지. 굳이 조작 같은 걸 할 필요는 없을 거야."

"알겠습니다, 회장님. 명령대로 집행하겠습니다."

"되도록 서두르게."

"물론이죠. 서두를수록 더 많은 돈을 벌 수 있을 테니 말입니다. 당분간은 야근할 맛이 날 것 같습니다."

돈의 노예이자 금전의 숭배자인 하이어드 네델트는 오늘도 평소와 똑같았다. 로렌은 그가 실로 충실하게 이번 사업에 임할 것임을 잘 안다. 이 사업이 흑자로 돌아서는 건 5년 후의 일이란 걸 알아차린 후에도 말이다.

*　　　*　　　*

그다음.

로렌은 그 길로 브뤼델의 조선소로 갔다. 스무 척의 방주 조립용으로 가공된 목재가 주르륵 늘어선 건 실로 장관이었다.

"이제 드워프들을 불러다 각인을 새기도록 한 후 조립만 하면 됩니다."

조선소의 책임자인 하이어드 베르기에가 로렌에게 자랑하듯 말했다. 본래 그는 조선소 담당이 아니었지만, 로렌이 직접 진두지휘하는 방주 건조 사업에 자원해 책임자를 떠맡았다. 솔직히 말해 완전무결한 인선은 아니었으나, 최선의 인선이기는 했다.

안 그래도 다른 일로도 바쁜 탈란델을 여기에 앉혀놓을 수는 없는 노릇이니까.

"드워프들을 부를 필요는 없어."

로렌이 말했다.

"내가 직접 새기면 되니까."

"회장님께서 말입니까? 하지만……."

로하트 그룹의 유력자이자 로렌의 측근 중 한 명인 하이어드 베르기에조차 로렌의 진면목은 모른다. 그야 그렇다. 오늘 처음 보여주는 거니까.

천수의 격!

염동력!!

목재들이 하늘을 날아다니고 눈에 보이지 않는 여섯 쌍의 팔이 길게 늘어져 어마어마한 속도로 각인을 새겨가는 모습을 하이어드 베르기에는 홀린 듯 바라보았다.

'그러고 보니 이 사람 마법사였지!'

그렇게 생각하는 표정이었다. 물어봤을 때도 그런 대답을 했다. 정작 로렌이 지금 쓰고 있는 능력 중에 마법은 포함되어 있지 않음에도 불구하고 말이다.

로렌은 굳이 하이어드 베르기에의 오해를 풀어줄 생각이 없었으므로, 그냥 말없이 작업을 계속했다. 이 작업은 이젠 눈을 감고서도 할 수 있을 정도로 숙달되어 있었다. 오래 걸리는 쪽이 오히려 더 이상했다. 처음 탈란델이 방주의 복제를 시도했을 때와는 상황이 달랐다.

순식간에 작업을 마친 로렌은 하이어드 베르기에를 다시 불렀다.

"미안하네만 도면에 변경점이 좀 있어."

각인이 다 새겨졌으니 이제 조립만 하면 하늘을 나는 방주가 완성되는 셈이었지만, 로렌은 거기서 멈추지 않고 또 다른 설계도를 꺼냈다. 사실 로렌은 회귀 주문을 외울 때마다 방주를 개조했고, 굳이 따지자면 이번이 27판인 셈이다.

제대로 완성된다면 차원 이동이 가능한 방주가 탄생할 것이다.

나무로 만들어진 배로 차원 이동을 할 수 있다는 게 이상한 소리처럼 들리겠지만, 그걸 따지자면 애초에 하늘을 나는 것도 이상하다.

각인이라는 힘이 작용하는 이상, 소재야 그리 중요하지도 않은 요소다. 물론 더 좋은 소재를 쓴다면 각인의 힘을 아낄 수야 있겠지만, 배보다 배꼽이 더 커질 것이다.

"저, 회장님, 이런 부품을 만들 수 있을 것 같지는 않은데… 말입니다."

설계도면을 주의 깊게 들여다보던 베르기에가 조심스럽게 발언했다. 사실 조선소 일이 베르기에의 적성에 맞는다고는 할 수 없었지만, 그럼에도 그는 열심히 공부했고 무엇이 가능하고 불가능한가까지 알게 되었다. 그렇기에 로렌도 베르기에에게 계속해서 조선소를 맡긴 것이다.

하지만 방금 발언은 필요 없는 발언이었다. 로렌은 화를 내지 않고 오히려 빙긋 웃었다.

"잘 알고 있군. 맞아. 따로 생산할 필요가 있지."

로렌은 각인기에 상격 중 하나인 창조의 격을 발동했다. 그리고 적당한 곳에 각인을 새겼다.

"허억!"

로렌이 뭘 하는지 보고 있던 하이어드 베르기에는 깜짝 놀랐다. 그도 그럴 만했다. 그냥 글자 같은 걸 새겼을 뿐인데, 거기서 부품이 자동으로 만들어져 튀어나오고 있었으니 말이다.

이것이 창조의 격의 힘이었다.

"마, 마법입니까?"

참지 못하고 그렇게 질문한 하이어드 베르기에에게 로렌은 그저 슬쩍 웃어줄 뿐이었다.

창조의 격으로 새긴 각인은 담겨 있는 각인의 힘을 소진할 때까지 부품을 자동으로 생산해 낼 것이다.

어떤 소재에 어떤 모양의 어떤 기능을 가진 물건을 만들어 낼 것인지, 각인에 모조리 그 관련 정보들을 모조리 집어넣어 하나의 새로운 각인을 만들어내는 대단히 난해하고 복잡한 작업이었지만, 로렌에겐 몇 번이고 반복해 온 지겨운 작업 중 하나일 뿐이었다.

'뭐, 그래도 이번에는 문제점을 꽤 개선했으니 도움이 됐으면 좋겠군.'

스물여섯 번째에도 같은 생각을 했던 것 같지만, 로렌은 기분 탓이라고 치부하고 치워 버렸다. 사실 기분 탓만은 아니었지만 말이다.

"그럼 조립 작업을 잘 부탁하네."

"하아… 알겠습니다. 그것 정도는 할 수 있을 테니까요."

하이어드 베르기에는 주눅이 든 목소리로 그렇게 말했다. 로렌은 그의 어깨를 두드려 격려했다. 그에게 천수의 격이나 창조의 격을 습득하라고 할 생각은 없었다. 염동력을 배우라고는 더더욱 말하지 않는다. 그냥 할 수 있는 걸 하면 되고, 베르기에는 임무를 제대로 수행할 것이다.

"그럼 맡기겠네."

"잘 해내겠습니다."

다시금 의지를 다지는 하이어드 베르기에에게 로렌은 빙긋 웃어 보였다.

70장
변수를 위해

여기까지는 이제까지 해왔던 대로 한 것이나 다름없었다. 조금씩의 개량이 들어가긴 했지만, 그 개량이 결정적인 변수로 이어질 거라고 기대하는 건 아직 미취학 아동인 아들이 입학하면 전교 1등이 되리라고 별 근거도 없이 막연한 기대를 품는 것과 별다름이 없었다.

로렌에게는 결정적인 변수가 필요했다. 예를 들어 슬레인을 인류 의회에 넣는다거나 하는 정도의 큰 건수가 몇 개는 더 있어야 했다.

지금 와서 그러려면 무엇을 해야 할지 고민하지는 않았다.

해야 할 고민은 다 끝내고 회귀 주문을 사용한 것이니까.

*　　　　*　　　　*

로렌은 곧장 나일로 신성국으로 향했다.

원래대로라면 스칼렛을 비롯한 드래곤들을 타고 가야 할 거리지만, 로렌은 가볍게 텔레포테이션으로 이동했다.

회귀를 반복하면서 정신 능력을 성장시킨 덕택이기도 하지만, 슬레인에게서 배운 영능력을 이용해 영력을 정신력으로 치환할 수 있게 되었기에 가능해진 곡예였다.

왕국 시절에는 왕궁이었던, 지금은 대성전이라 불리는 나일로 신성국의 중추로 날아 들어간 로렌은 고함을 질렀다.

"나와라, 자칭 신! 나랑 한판 붙자!!"

백주 대낮에 이토록 대담한 짓을 벌이니, 오히려 대응이 느렸다. 긴 침묵 끝에 한참 후에나 경비병들이 뛰쳐나왔다.

"네놈은 대체 뭐 하는……!"

경비대장의 말은 끝까지 이어지지도 않았다.

"선전포고다! 나 로렌은 나일로 신성국에 선전포고를 하겠다!!"

로렌의 호령이 그의 말을 덮어버렸기 때문이다.

"그게 무슨……."

"전쟁이다!!"

로렌은 벼락처럼 외쳤다. 경비병 중 하나가 대성전 안쪽으로 급히 달려 들어가는 것이 보였다. 로렌은 그를 방관했다. 곧 새하얗게 칠해진 고급스러워 보이는 갑옷을 입은 자가 거드름을 피우며 나왔다.

"전쟁하러 혼자 왔는가?"

로렌은 저자의 정체를 알았다. 이 나라의 대장군이었다. 엘리시온 왕국 포위전에 공을 세운 장군의 후손이라 했던가. 흔히 말하는 낙하산 인사였다.

"그렇다."

"좋다. 그대의 선전포고를 받아들이겠다."

짐짓 위엄 있는 척, 동시에 노골적인 비웃음을 띠며 대장군은 고개를 끄덕였다.

"죽여라."

대장군의 명령이 내려지자 그 자리의 모든 병사가 로렌을 향해 칼을 뽑고 창을 내밀어 공격 자세를 취했다.

다음 순간.

모든 병사가 정신을 잃은 채 지면을 나뒹구는 신세가 되었다.

두 다리를 짚고 선 것은 오직 대장군 하나뿐이었다. 그는 무슨 일이 일어난 건지 모른 채, 눈을 몇 번 깜박이다 몇 초

후에나 상황을 인지하고 입을 쩍 벌렸다.

"쉽군."

로렌은 훅, 하고 숨을 한 번 길게 토해내었다.

허세였다.

물론 병사들을 무력으로 압도하는 건 그리 어려운 일이 아니었다. 그러나 아무도 죽이지 않고 단 한순간에 전원을 제압하는 건 로렌에게도 쉽지 않은 일이었다.

방법은 몇 가지가 있었지만, 로렌이 이번에 사용한 수단은 좀 특별했다.

시간을 멈췄다.

정확히는 좀 다르지만, 심플하게 설명하면 그렇다.

로렌은 마법으로 시간을 거슬러 올라갈 수 있다. 시간 파괴 주문, 회귀 주문, 전생 회귀 주문, 모두 시간을 다루는 주문들이다.

그 연장선상에서 로렌은 다음과 같은 가설을 떠올리기에 이르렀다.

시간을 거슬러 올라갈 수 있다면, 시간을 멈출 수도 있지 않을까?

로렌은 26번의 3년 중 한 번을 희생해서 3년을 전부 이 주문의 연구에 온전히 투자했다. 게다가 그 3년으로도 모자라서, 멸망 이후의 가혹한 세계에서도 몇 년의 세월을 보내야 했다.

그럼에도 불구하고 그 결과는 그리 기꺼운 것은 아니었다.

결론부터 말하자면 마법으로 시간을 멈추는 것은 불가능했다.

마법이란 파괴의 힘. 시간을 거슬러 올라가는 주문은 인지한 시간을 파괴해서 강제로 과거로 돌아가는 방식을 취한다. 파괴한 시간을 재생시키는 것은 가능해도, 현상을 그대로 유지시킨 채 멈추는 건 마법으론 불가능했다.

그래서 로렌은 정신 능력 쪽으로 접근했다.

정신 능력으로도 시간을 멈추는 것은 불가능했지만, 그 반대는 가능했다. 인지를 잘게 쪼개 초감각의 영역으로 접어들자, 멈춰 있는 시간을 인지하는 것이 가능해진 것이다.

문제는 멈춰 있는 시간을 인지하는 건 가능해도, 육체의 시간은 그대로라는 점이었다. 즉, 움직일 수가 없었다. 동영상을 정지시킬 수는 있어도 그 동영상 안에 들어가는 건 불가능한 것처럼, 로렌은 인지한 멈춰진 시간 속에서 자신의 육체를 움직일 수는 없었다.

결국 마법으로도 정신 능력으로도 시간 그 자체를 멈출 수는 없다. 그렇다면 로렌은 지금 어떻게 이 단 한순간 만에 이 많은 병사를 쓰러뜨릴 수 있었던 것일까?

답은 별의 몸에 있었다.

별의 몸은 육체가 아니며, 이 물질 세계에 속해 있지도 않았다. 즉, 별의 몸은 이 세계의 시간 축에 구애받지 않는다.

그러므로 로렌은 자신이 인지해 낸 멈춰진 시간에 별의 몸만은 움직이는 것이 가능했다.

그래도 여전히 해결해야 할 문제는 남아 있다. 별의 몸으로 마법을 사용하면, 그 마법이 마력을 물리력으로 바꾸어 이 세계에 영향력을 끼치는 데 또 시간을 필요로 한다.

화염 폭발을 예로 들면 불꽃의 공이 날아가 해당 지점을 폭발시키는 시퀀스를 거쳐야 한다. 단 한순간에 폭발을 유도해 내는 폭발 주문의 경우에도 그렇게 보이지는 않지만 목표 지점에 미리 마력을 옮겨놓고 폭발력으로 바꾸는 수순을 필요로 한다.

이 모든 문제를 해결하기 위해 로렌이 해낸 발상은 차라리 단순 무식하다 할 수 있는 부류의 것이었다.

별의 몸으로 마법을 사용하는 대신, 별의 몸 그 자체를 움직인다. 별의 몸에 달린 주먹으로 적의 명치를 가격하고, 별의 몸에 달린 발로 적의 낭심을 타격한다.

실체가 아닌 별의 몸으로 어떻게 물리적인 타격이 가능한지에 대한 의문이 들 수도 있을 것이다. 그 답은 마법 화살에 있었다.

마법 화살도 발사되기까지의 시퀀스를 거쳐야 하기에 시간을 요구하지만, '발사하기 직전'의 상태라면 이야기가 다르다. 마력을 물리력으로 치환하기만 한 상태가 된다. 그리고 이 물리력을 별의 몸에 실어 타격하는 것이 가능해진다.

로렌이 방금 보여준 곡예는 그렇게 이뤄진 것이었다.

"말하자면 별의 분신, 이라고 해야 할까?"

이제는 까마득한 옛날처럼 느껴지는 레물로스 왕국과의 전쟁에서 로렌과 맞부딪힌 적이 있는 '축복받은 자', 프라이드의 아무르. 그가 사용했던 축복 능력을 좀 이상한 방식이긴 하지만 별의 몸으로 재현해 내는 데 성공했다.

비록 별의 몸은 일반인들의 눈에는 보이지 않아 프라이드가 사용했던 [그림자 분신]과는 느낌이 많이 다르지만, 뭐 어떠랴. 사실 보이지 않는 분신이 더 유용한 점도 없진 않기도 했고, 굳이 그림자 분신을 그대로 재현할 필요는 느껴지지 않았다.

"뭐? 무슨!"

로렌의 말을 알아들을 리 만무한 대장군은 그 자리에 서서 바들바들 떨기 시작했다. 딱 로렌이 바란 반응이었다. 완전히 압도해서 정신을 꺾어놓는 것. 굳이 시간까지 멈춰가며 제압한 이유가 바로 이것이었다.

"대장군. 이름이 뭐였더라. 뭐, 아무렴 어때. 그대는 이 나라의 군권을 쥔 군사 지휘관이다. 그대가 항복하면 이 전쟁은 끝난다."

로렌은 여유를 가장하며 미소를 띤 채 계속해서 말했다.

"그게 아니라면 전쟁을 계속하도록 하지. 그렇게 된다면 나는 그대를 죽이고 안으로 들어가 이 나라의 왕에게 항복을 권할 것이다. 이미 봐서 잘 알겠지만, 내겐 아주 쉬운 일이다."

"마, 말도 안 돼… 사람 하나가 국가와의 전쟁에……."

"마지막 항복 권고다. 대장군, 항복하겠는가?"

나일로 신성국의 대장군은 이를 꽉 물었다. 몇 초간 부들부들 떨던 그는 곧 힘없이 고개를 떨어뜨렸다.

"항복하겠다."

나일로 신성국의 병력이 이것이 전부는 아닐 것이다. 로렌이 쓰러뜨린 병사는 나일로 신성국 군사력의 극히 일부에 불과했다. 그러나 대장군은 그냥 항복했다. 이유는 간단했다. 자신의 목숨이 아깝기 때문이었다.

그야 그렇다. 누군들 자기 목숨이 가장 귀중하다.

그럼에도 불구하고 인류 중엔 이 당연한 선택을 하지 않는 이들이 있다. 나일로 신성국의 대장군은 그 극히 일부의 예외가 아닐 뿐이다. 그렇기에 인류의 위기 앞에서도 그는 성문을 단단히 닫고 성벽 밖의 상황을 모르는 체했다.

스물여섯 번의 반복 동안, 나일로 신성국이 바뀐 적은 단 한 번도 없었다.

처음에는 그것이 엘리시온의 경이를 가지고 있기에 그런 것이라고 생각했지만, 로렌이 경이의 파편을 훔쳐간 후에도 나일로 신성국의 태도는 변하지 않았다.

나일로 신성국은 그 어떤 경우에도 인류 연합군에 참가하려고 하지 않았고, 성문을 단단히 걸어 잠근 채 죽을 날을 기다릴 뿐이었다.

그래서 로렌은 나일로 신성국을 목표로 삼았다.

지난 스물여섯 번 동안 이 선택을 하지 않은 이유는 간단했다. 어떤 이유에서든 인류 전체의 힘을 깎아내선 안 된다고 생각했기 때문이다. 쳐들어오는 적을 인류의 힘으로 맞받아낸다. 이것이 로렌이 세운 대전제였다.

공격으로 돌아선 후반에 들어서는 로렌을 비롯한 소수 정예의 공격군이 적진으로 침공하는 사이에 인류가 방어전을 벌여 버틴다는 것으로 바뀌었지만, 그래도 인류의 힘은 중요할 수밖에 없다.

그러나 스물여섯 번의 실패를 거듭하면서 로렌은 생각을 바꿔먹었다.

나일로 신성국은 어차피 도움이 안 된다. 그렇다면 차라리 로렌 본인의 힘을 끌어 올리는 자양분으로 쓰는 게 더 맞지 않을까?

이전까지의 로렌이라면 떠올리지도 않았을 사악한 논리지만, 상황이 그를 이렇게 만들었다. 항상 이전까지와는 다른 선택을 강요당하는 입장이다 보니, 본래의 스탠스를 굽혀야 할 일도 생기는 것이다.

로렌은 품속에서 종이 한 장을 꺼내 대장군을 향해 휙 던졌다.

"왕에게 가져가 옥새 도장을 받아 와라."

대장군은 로렌에게 원망의 시선을 살짝 보내다가, 황급히 눈을 내리깔고 안으로 향했다.

로렌이 대장군에게 던진 종이는 항복 문서였다. 항복을 받아들이는 조건으로 나일로 신성국이 지불해야 할 배상 내역이 적혀 있었다.

어떻게 보면 강도나 다름없는 짓거리였으나, 원래 전쟁이란 게 그렇다. 군사력이 더 강한 국가가 더 약한 국가에게 칼 들고 강도 짓 하는 게 국가 간의 전쟁이다.

사실 배상 내역이라고 딱히 대단한 게 적혀 있는 것도 아니었다. 파티마, 정확히는 그 안에서 놀고 있는 웰시 엘프와 로어 엘프를 받아가겠다고만 적어두었을 뿐이다.

로렌이 엘리시온의 경이 덩어리를 훔쳐간 후, 나일로 신성국은 파티마의 엘프들에 대한 대접을 손바닥 뒤집듯 바꿔 버렸다. 온갖 산해진미를 맛보며 호화로운 생활을 즐기던 것도 옛말. 이제는 간신히 죽지만 않을 상태를 유지시키며 방치하고 있을 뿐이었다.

잘 활용만 한다면 대단한 전력이 될 로어 엘프 마법사들을 이렇게 홀대하는 나일로 신성국의 판단은 이해하기가 매우 어려웠다.

그래서 로렌은 지난 몇 번 동안은 돈을 주고 엘프들을 사오든가 하는 식으로 대응했었다. 그때마다 나일로 신성국인 로렌이 생각했던 것보다 싼 가격에 엘프들을 넘겨주곤 했다. 골칫덩이를 처분할 수 있게 되어 한시름 덜었다는 반응과 함께.

그러니 이번에도 별문제 없이 항복을 받아들이리라는 예상이 가능했다.

아니나 다를까, 왕의 옥새가 찍힌 항복 문서가 대장군의 손에 들려 왔다. 로렌은 그것을 염동력으로 받아와 슥 읽어 내용의 변경이 없음을 확인하고, 고개를 끄덕였다.

"항복을 받아들이겠다."

로렌은 오만하게 보이도록 표정과 목소리를 조절하며 대답했다.

이로써 전쟁은 완전히 끝났고, 로렌은 단신으로 나일로 신성국을 상대로 한 전쟁에서 승리한 셈이 되었다. 그러자 그의 머릿속에 어떤 메시지가 울려 퍼졌다.

[당신은 국가를 상대로 홀로 싸워 승리하였습니다! 대단한 위업입니다! 멘르바께서는 당신의 승리에 기뻐하실 겁니다!!!]

텔레파시처럼 뇌 내에 울려 퍼지는 메시지. 이미 많이 들어본 메시지라 약간 익숙해지긴 했지만, 그 내용은 이전과 좀 다른 면이 있었다. 이번에는 전에 없이 그 메시지의 내용이 거창했으니까.

멘르바는 승리의 여신. 승리를 하면 기뻐한다. 다만 그 승리라는 게 상대의 항복을 받아내는 것에 국한되어 있다는 게 문제였다. 괴물을 상대로 항복을 받아낼 수는 없으니, 로렌에게는 아주 효율이 안 좋은 조건이기도 했다.

멘르바는 예술의 신이기도 해서 예술 면에서 큰 성과를 올려도 기뻐한다. 하지만 안타깝게도 로렌에게 예술적 재능은 없었기에 예술로써 여신을 기쁘게 만들 일은 없었다.

그러니 이번 승리로 얻는 보상은 로렌에게도 귀중한 것이긴 했다. 국가를 상대로 홀로 싸워 승리했다는 극한의 조건까지도 붙어, 매우 푸짐한 선물을 기대할 수 있을 것이다.

나일로 신성국을 자양분으로 쓴다는 건 이런 의미였다.

멘르바는 자신에게 기쁨을 준 신도에게 그 대가로 건강과 지혜를 선물한다. 덤으로 여신에게서 가장 많은 선물을 받은 신도가 자동적으로 교황으로 임명되며, 그보다 낮은 하위 신도들에게 명령을 할 권한 또한 주어진다.

물론 멘르바는 이 세계에서 죽어나갔고, 그 신격도 인류의회에 의해 쫓겨났다. 그러나 멘르바가 남긴 기쁨과 선물이라는 시스템은 아직도 남아 있다.

신과 종교가 완전히 별개의 존재라는 건 언뜻 들으면 모순 같지만, 그 모순은 지구에도 그대로 남아 있다. 이 세계라고 그러지 말란 법은 없지 않은가?

어쨌든 로렌은 멘르바에게 받은 선물의 포장을 풀지 않은 채 가만히 놔두었다. 다소 비유적인 표현이지만, 실제로 여신에게서 받은 건강과 지혜의 축복은 내버려 두었다가 나중에 받는 게 가능하다.

"그럼 지금 당장 파티마를 받아가도록 하지."

로렌은 대성전 바깥으로 나와 파티마를 향해 휘적휘적 걸어갔다.

파티마 앞에 도착한 로렌은 건물 주변에 복잡한 주술 문자를 새겼다. 염동력과 천수의 격을 이용했기에 그리 오래 걸리는 작업은 아니었다.

각인 몇 개를 추가로 새기고 주술을 발동하니 파티마가 그 자리에서 휙 사라져 버렸다.

사라진 것처럼 보이는 파티마는 실은 사라진 게 아니었다.

로렌은 주술 문자가 새겨진 공간 안으로 들어가 작은 상자 하나를 집었다. 이 작은 상자가 파티마였다.

주술 문자는 안에 들어 있는 엘프들을 그대로 동면 및 보존시키는 데 쓰였고, 축소 각인을 이용해 파티마 그 자체를 소형화시켰다. 그 외에도 공간 단절이라든가, 내부의 중력 고정이라든가 여러 가지 자잘한 조처가 이뤄졌다.

대장군이 입을 쩍 벌린 채 로렌을 바라보는 게 보였다. 그에게는 로렌이 어떻게 보일까? 어쩌면 신처럼 보일지도 모르는 일이다. 적어도 대장군이 신으로서 섬기고 있는 왕보다야 신처럼 보일 테니 말이다.

로렌은 대장군을 향해 훗, 한 번 웃어주고는 명률법을 사용해 존재를 감췄다. 대장군에게는 로렌이 이 자리에서 사라진 것처럼 보였을 것이다. 이런 연출 하나하나도 중요하다는 것을 경험으로 배웠다.

이제 여유롭게 떠나는 일만 남았다.

나일로 신성국까지 온 김에 특산물 요리나 맛볼까 하는 생각이 잠깐 그의 뇌리를 스쳤지만, 당연히 그 발상은 그대로 폐기되었다. 바투르크의 돼지 요리조차도 거르고 온 로렌이다. 잘 기억도 안 나는 나일로 신성국의 요리를 맛볼 여유 따윈 없었다.

*　　　*　　　*

로렌은 브뤼델로 돌아와, 미리 확보해 둔 대지에 소형화시켜 두었던 파티마를 원래 상태로 되돌렸다.

이로써 이제 파티마는 완전히 로렌의 것이 되었다.

로렌은 자신의 '고귀함'이 차오르는 것을 느끼고 부르르 떨었다. 나일로 신성국에 의해 구류된 채 핍박받던 웰시 엘프들과 로어 엘프들을 구해온 게 반영된 것이다.

엘리시온의 파편을 가동시키는 데 쓰이는 자원인 이 '고귀함'은 그 단어의 의미와는 달리 진정한 고귀함과는 하등의 연관이 없었다.

사실 '고귀함'은 그냥 엘프한테 잘해주면 차오른다.

황당한 소리지만 사실이다.

엘프가 이 자원을 얻는 법은 더 간단하다. 스스로에게 잘해주면 된다. 더 맛있는 걸 먹고, 더 좋은 옷을 입고, 화려한 장신구 따위를 걸쳐도 '고귀함'이 쌓인다.

부유한 가정에서 태어난 고귀한 혈통의 엘프일수록 스스로에게 더 잘해줄 가능성이 높았고, 그렇다 보니 자연스레 다른 계층의 엘프들보다도 더 많은 '고귀함'을 쌓게 된다.

기득권층의 엘프들은 그렇게 쌓은 고귀함을 활용해 엘리시온의 경이를 가동시킬 수 있다 보니, 스스로를 웰시 엘프라

명명하고 다른 엘프들과 차별화할 수 있게 되었다.

이전까지 엘프는 모두 평등했지만, 다른 종족과의 교류를 통해 얻은 계급 개념을 이런 식으로 반영했다. 엘리시온의 경이에 접촉하고 가동하는 웰시, 마법에 큰 재능을 보이는 군사 계급인 로어, 그리고 서민인 하이어드인 식으로.

이것이 엘리시온 왕국 시절에 분화된 엘프 계급사(史)의 비밀이다.

이 비밀을 깨닫게 된 로렌은 이제 더 이상 '고귀함'을 고귀함이라 부르지 않기로 했다. 명칭을 바꿀 필요가 있었다. 이걸 계속 고귀함이라 부르기엔 그 본질이 너무 저속했다. 지구의 옛 귀족들이 자신들에겐 푸른 피가 흐른다고 별 말 같지도 않은 소릴 떠들었던 것과 별 차이가 없다.

그래서 로렌은 이전까지 고귀함이라 불리던 이 자원에 '엘븐'이라는 새로운 이름을 붙였다. 영어 단어로 '엘프의'라는 의미가 있는 형용사지만 로렌은 그냥 명사처럼 쓰고 있다. 굳이 말하자면 '엘프의 힘'을 줄여 부르는 거라 할 수 있었다.

그 명칭이야 어찌 됐든, 엘븐이 차오른 건 나쁜 일이 아니었다. 로렌은 픽 한 번 웃곤 파티마 안에 뚜벅뚜벅 걸어 들어갔다.

파티마의 두터운 문을 통과하자마자 가장 먼저 보인 것

은 잘 관리되지 않아 먼지가 쌓이고 더러워진 유리 내벽이었다.

예전에 봤을 때는 반짝반짝 닦여 한눈에 파티마 내부의 전경이 들어왔건만, 이래서야 평범한 벽과 다르지 않았다. 아니, 방한 효과와 강도가 낮아 더 불편할 뿐이다.

여기저기 깨지기도 한 유리 바닥을 뚜벅뚜벅 걸어 들어가 보니, 유리 내벽과 별다르지 않은 상태의 엘프들이 불안한 눈초리로 로렌을 쳐다보고 있었다.

엘리시온의 경이에 의해 고정되어 있었던 육체 나이가 풀려 전보다 확연히 늙었고, 식량 부족으로 인해 굶주리고 지친 모습들이었다. 원래는 피부에 바르라고 보급되었던 식용 기름을 식량 대신으로 삼는 바람에 팔다리는 가늘지만 배가 불룩 튀어나와 있었다.

천상의 극락과도 같이 보였던 파티마의 예전 모습은 이제 없었고, 그저 현실만이 파티마 내부를 가득 채워놓고 있었다.

로렌은 그런 엘프들의 모습을 보고도 별로 충격받지 않았다. 여러 번 본 광경이다. 익숙해졌다.

더군다나 곧 파티마의 웰시 엘프들을 동정할 필요가 없어진다.

파티마의 가장 안쪽에 놓인 작은 석실. 텔레포테이션으로

잠입해 들어갔던 전과 달리, 로렌은 당당히 문을 열고 그 안에 들어갔다.

그리고 리콜을 통해 오하라를 소환했다.

오하라의 모습이 갑자기 슉 하고 나타나자 주변의 엘프들이 토끼 눈을 뜨며 놀라워했다. 그들에게 있어선 오하라가 드래곤이 아니라 동료였을 테니, 한층 더 놀라울 터였다.

"무슨 일이야? 로렌. 아, 여긴……."

아무 사전 정보도 없이 일단 리콜을 받고 온 터라, 오하라는 자신이 어디 온 건지도 나중에나 깨달았다.

"그래, 맞아. 파티마야."

오하라의 이어질 질문을 자르고 대답부터 한 로렌은 원래 엘리시온의 경이 덩어리가 놓였던 곳에 손을 뻗었다. 그의 손에는 엘리시온의 경이가 들려 있었다.

그저 손가락 한 번 놀리는 것으로 손바닥만 했던 엘리시온의 경이가 갑자기 부풀어 오르자, 눈치를 보던 엘프들이 놀라 급히 숨을 삼키는 소리가 들렸다.

"자."

엘리시온의 경이를 원래 자리로 되돌려 장치한 로렌은 오하라에게 손짓했다.

"자, 라니……."

"뭘 해야 할지 너도 알고 있잖아?"

"그야 알지."

오하라는 투덜거리며 엘리시온의 경이에 엘븐을 공급했다. 그러자 빛의 힘이 찬란하게 퍼져 나가며, 지치고 굶주린 파티마 내부의 엘프들을 완전한 상태로 되돌리기 시작했다.

"오, 오오……."

"와아……."

이번에는 엘프들은 소리를 내며 놀라워했다. 개중에는 눈물을 흘리기 시작하는 엘프들도 있었다. 바짝 말랐던 피부에는 생기가 돌아오고, 부풀어 올랐던 배는 원래 자리를 찾고, 그간 쌓였던 허기와 피로가 사라지니 울음이 나올 법도 했다.

엘프들에 대한 처우가 나아지자, 로렌에게도 엘븐이 또다시 한 가득 차올랐다.

애초에 파티마에서 엘리시온의 경이를 훔쳐간 건 로렌이지만, 명률법을 사용해 모습을 감췄던지라 그 진실을 아는 건 여기에선 오하라뿐이다. 결자해지라 해두면 말은 좋지만, 어떤 의미에선 사기나 다름없는 데도 엘븐이 차오르는 건 좀 이상하긴 했다.

하기야 만약 엘리시온의 경이가 없어진 후에도 나일로 왕이 엘프들을 잘 챙겨주었다면 로렌이 이렇게 대량의 엘븐을 얻었을 수는 없었을 수도 있었다. 나일로 왕의 방치와 핍박이 있었기에 엘프들은 로렌의 조처에 이렇게 감사하는 것일 테니까.

'이렇게 생각하는 것도 좀 뻔뻔한가?'

로렌은 픽 웃었다.

엘리시온의 경이에 직접 엘븐을 공급하고 있는 오하라는 더 많은 엘븐을 얻었을 것이다. 당분간 엘리시온의 경이를 혼자 가동시키는 데 문제가 없을 정도로.

오하라에게 로렌은 이렇게 지시를 내렸다.

"이제부터 네가 할 일은 파티마 안에서 엘리시온의 경이를 작동시키는 거야. 물론 네가 모든 걸 다 할 필요는 없어. 여기 있는 엘프들의 통솔 또한 네게 맡기지."

엘븐을 많이 얻었다 한들, 그걸 소진시키면서까지 엘리시온의 경이 가동에 쏟아부을 필요는 없었다. 비록 피폐해졌다고는 하나, 여기에는 아직 웰시 엘프가 많았다.

덤으로 로어 엘프들도 있었고.

방어전을 생각하고 있을 때는 파티마에서 데리고 나온 로어 엘프들도 가르쳐 보려고 애쓴 적이 있었다. 방어전에는 다소 질이 낮더라도 되도록 많은 전력이 필요했으니까.

그러나 그녀들은 몇백 년 전의 마법 이론에 지나치게 익숙해져 있었고, 머리도 굳어져 있었다. 혜택을 받는 이들을 최상의 상태로 되돌려 놓는 엘리시온의 경이지만, 거세된 학구열과 학습 태도마저 교정해 줄 수는 없었다. 그녀들을 가르치는 건 지나치게 효율이 나빴다.

차라리 익숙하고 잘해왔던 일을 시키는 게 나았다. 파티마의 웰시 엘프들을 보호하고 봉사하는 일을 가리킨다.

이 점에 있어선 오하라도 파티마의 로어 엘프들과 마찬가지다. 오하라에게 지금 와서 뭘 가르치려고 애쓰는 것보다는 그녀가 잘하는 걸 시키는 게 나았다. 파티마 내부의 엘프들을 통솔하고 관리하는 일이 바로 그것이었다.

"그건 내가 원래부터 해왔던 거야. 내가 잘할 수 있어. 대신……."

오하라의 눈이 욕망으로 빛났다. 로렌은 그녀의 입에서 무슨 말이 나올지 미리 알고 있었으므로 선수를 칠 수 있었다.

"미안하지만 예전 같은 진수성찬을 차려줄 순 없어."

"칫."

오하라는 혀를 찼지만, 그렇다고 그의 지시를 거부하지는 않았다.

이제 파티마에서 뿜어내는 빛의 힘은 브뤼델 전역에 퍼져 나갈 것이다. 브뤼델 전체에 생산성 증대는 물론 인구 증가에도 크게 기여할 테고, 비료 공장에서 나오는 오염물에 대한 대책도 되어줄 터였다.

"그리고 이 안에서 정신 능력을 수련하는 것도 잊지 마. 정신력도 쓰는 족족 다시 차오를 테니, 여기가 수련하는 데 최적의 환경이지."

"아, 그러면 되겠네."

오하라는 음습하게 웃었다.

"이제 더 이상 내가 무능력하다는 말은 안 나오게 만들어 주겠어."

"그런 말은 한 적 없는데……."

비슷한 말은 한 것 같긴 했지만, 로렌은 크게 신경 쓰지 않았다. 그런 말 한 적 없다고 강하게 부정하는 것에 비해, 그냥 넘어가는 편이 오하라에게 더 좋다는 걸 경험으로 알고 있었기 때문이다.

배우는 데는 별 재능이 없었지만, 스스로를 갈고닦는 데 있어서 오하라는 꽤 능력이 괜찮았다. 적절한 동기만 부여해 준다면 말이다. 아무 동기도 없이 그냥 하라고만 하고 내버려 두면 그녀는 끝없는 나태의 나락에 빠져들 것이다.

"그럼 잘 부탁해."

"그래, 로렌. 이번에 우리가 승리하면 결혼하자."

로렌은 오하라의 마지막 말에는 대꾸하지 않았다. 이것도 마찬가지로, 굳이 강하게 부정하지 않는 게 더 낫기 때문에 못 들은 척한 것이었다.

당연하게도, 설령 이번에 승리하더라도 로렌은 오하라와 결혼할 생각 따윈 없었다.

71장
라핀젤

"자, 이제."

로렌은 심호흡을 한 번 크게 했다.

"이 이상 미룰 수 없겠군."

모든 조건이 만족되었다. 멘르바의 신도로서 얻은 선물, 그러니까 '기프트'도 필요한 만큼은 채워놓았고 '엘븐'도 많이 차올랐다.

그러니 이번에야말로 예전부터 생각했던 계획을 정말로 실행시킬 때가 되었다.

"……."

이제까지는 이런저런 핑계를 대며 실행을 미뤄왔던 계획이었다. 오죽하면 '스물일곱 번째가 되면 실행해야지'라는 로렌 본인이 생각하기에도 비겁하고 빈약한 핑계를 대면서 미뤘겠는가? 그런데 이제 그 스물일곱 번째가 되었으니 더 이상 뒤로 미룰 핑계도 없어졌다.

흐읍.

로렌은 다시 한 번 숨을 크게 들이켰다.

짜악!

양손으로 자신의 뺨을 후려치며, 로렌은 스스로에게 기합을 넣었다. 정신이 번쩍 들었다.

"가자!"

로렌은 각오를 다시금 다지고, 걸음을 내디뎠다.

*　　　*　　　*

로렌은 자기 소유의 저택으로 향했다. 어떻게 보면 자기 집을 찾아 돌아간 것이라고도 할 수 있었지만, 그 당연한 행동을 하는 데도 그가 각오를 다져야 할 이유가 있었다.

"이제야 날 찾아왔구나? 로렌."

라핀젤은 심드렁한 표정으로 로렌을 바라보았다. 로렌은 레물로스 왕국에 함께 와 있던 그녀를 버려둔 채 바로 엘리시온의 경이 파편들을 모으러 여행을 떠났었다. 그녀의 태도를 비난할 수는 없었다. 차라리 로렌이 비난받아야 맞았다.

"베르나."

로렌은 허공에다 대고 이름을 불렀다. 암살자 베르나. 그녀는 항상 모습을 숨긴 채 라핀젤의 주변에 있었다.

아니나 다를까, 로렌의 부름에 응답한 그녀가 [은밀] 상태에서 벗어나 모습을 드러냈다.

어떻게 보면 로렌이 마음 놓고 라핀젤을 버려두고 여행을 떠날 수 있었던 건 그녀 덕이었다. 베르나는 라핀젤을 헌신적으로 보호해 주었고, 레물로스 왕국에서의 경험을 바탕으로 로렌도 이제 그녀의 충성을 의심할 수 없게 되었다.

"잠시 라핀젤과 둘만 이야기를 하고 싶어."

"알겠습니다."

어느새 베르나는 로렌보다 라핀젤에게 더 충성하게 된 모양이었다. 다소 냉담한 대답을 남긴 채, 베르나는 다시 풍경에 녹아들어 사라졌다.

"라핀젤."

베르나가 완전히 이 방을 떠났다는 확신이 든 후에나 로렌은 라핀젤의 이름을 불렀다.

"네가 브뤼델에 돌아와 있었다는 건 나도 들었어."

그야 그럴 것이다. 로렌은 자신의 행보를 별로 숨기지 않았으니까.

"애들 데리고 한 달이나 돌아다닌 이유에 대해서는 묻지 않겠어."

그 말 자체가 일종의 신문이나 다름없었지만, 로렌은 턱 밑까지 차올랐던 말을 도로 꿀꺽 삼켰다.

"내가 묻고 싶은 건 이거야."

라핀젤의 시선에 분노가 담겼다.

"왜 나만 놓고 간 거야?"

확실히 이야기를 했어야 했다. 하지만 당시의 로렌은 멸망의 때를 접한 지 아직 한 번밖에 되지 않은 때여서 제대로 판단을 할 수 없었다.

"네게 알리고 싶지 않은 이유가 있었어."

로렌은 솔직히 대답했다.

"그래도 이제는 알려야겠군."

라핀젤이 폭발하기 전에 로렌은 바로 다음 말을 이어 말했다.

"라핀젤, 앞으로 3년 후면 이 세상에 큰 위기가 찾아와."

멸망한다고는 하지 않았다.

왜냐하면 이번에야말로 그 멸망을 막을 생각이므로.

"…설마 회귀 주문을 쓴 거야?"

라핀젤은 로렌이 회귀 주문을 사용할 줄 안다는 사실을 인지하고 있는 몇 안 되었던 인물 중 하나였다. 물론 당시에 로렌이 사용한 건 전생 회귀 주문이었지만, 그 사실은 로렌 외에 그 누구도 모른다.

"눈치가 빨라서 좋군."

로렌은 그렇게 라핀젤을 칭찬했다.

"나는 멸망을 막기 위해서 갖은 시도를 다 해봤지만 다 허사였지. 그럼에도 불구하고 아직까지 내가 포기하지 않은 건, 그래도 시도할 때마다 조금씩 나아지고 있기 때문이야. 항상 나아진 것만은 아니었지만, 지금에 이르러선 꽤 가능성이 보이고 있는 것 같아."

허세가 좀 포함되어 있긴 했지만, 어느 정도는 진심이었다.

"그리고 지금 내가 널 찾아온 것도 그 갖은 시도의 일부야."

"…뭐?"

로렌의 말이 의외였던 듯, 라핀젤의 반응은 다소 느렸다.

"진실에 대한 이야기를 하도록 하지."

그동안 묻혀 있었던 진실에 대한 이야기.

*　　　*　　　*

로렌은 예카테리나에게 거짓말을 하나 했다. 그 거짓말이란 바로 자신의 영혼 용량이 가득 차 더 이상 축복을 받을 수 없다는 이야기였다.

이 이야기는 예카테리나가 로렌에게 해준 이야기였고, 이야기를 한 시점에는 진실이었다. 그런데 지금은 거짓말이 되었다.

이제는 로렌의 영혼에 빈자리가 생겼으니까.

빈자리가 생겼다는 말은 곧 원래 채워져 있던 것을 비워냈다는 의미이기도 했다.

로렌 하트는 당시에 인류 의회로부터 세 개의 축복을 받았다고 했다.

하나는 인간에서 로어 엘프로의 종족 변경.

하나는 마법에의 재능.

마지막 하나는 기억의 변경과 삭제였다.

로렌은 줄곧 왜 로렌 하트가 기억의 삭제를 축복으로 받았는지 궁금해했다. 그것도 귀중한 영혼 용량까지 낭비해 가면서.

슬레인을 구해온 게 꽤 큰 업적이란 걸 알게 되고, 그 덕에 대단한 축복을 받을 수도 있을 상황을 맞이하자 그의 의문은 더 커졌다.

그래서 세 번째였나, 네 번째였나, 정확한 시점은 기억 안 나지만 아마도 회귀 주문을 되풀이하던 꽤나 초기에 예카테리나에게 부탁해서 기억의 봉인을 풀어달라고 한 적이 있었다.

그때 기억의 봉인이 풀리면서 로렌의 영혼 용량이 다시 비워졌고, 축복을 받을 수 있게 되었다.

그러나 로렌은 봉인을 푼 것을 후회했다. 그 기억은 묻어두는 것이 더 나았다.

그렇다고 한 번 풀린 기억을 다시 봉할 마음은 들지 않았다. 그것도 낭비이므로.

아니, 낭비란 건 그냥 변명이다.

로렌은 책임을 져야 했다.

생각해 보자. 그 어렸던 로렌 하트, 아직 하트의 성을 받지 못했던 인간 고아가 대체 무슨 수로 인류 의회의 축복을 받을 수 있었던 걸까?

힌트. 당시의 어린 로렌 하트라도 할 수 있는 걸 했다.

힌트 하나를 내민 다음 바로 답을 보여주는 것도 꽤나 풍류를 모르는 짓이지만, 더 질질 끈다고 달라지는 것도 없을 것이다.

답은 다음과 같다.

로렌 하트가 인류 의회에게서 처음으로 받은 신탁이란, 바로 라핀젤에게서 발레리에 대공의 인장을 훔쳐내는 일이었다. 이 신탁을 이행한 대가로 로렌은 마법에 대한 재능을 얻었다.

당시의 로렌 하트는 자신의 행동으로 인해 일어날 일을 몰랐다. 자신이 뭘 훔쳐낸 것인지도 몰랐다. 그러나 마법사가 된 로렌 하트는 모를 수도 없었고, 모른 체할 수도 없었다.

"내가 라핀젤, 너를 죽였음을."

라핀젤을 죽음으로 몰아넣었음을.

*　　　　*　　　　*

이제까지 로렌은 다르게 기억하고 있었다.

남작의 하수인인 마부가 '심부름'을 한 것을 '실패'했다고 말이다.

하지만 진실은 다음과 같았다.

로렌 하트는 게오르그 남작의 저택으로 향하던 라핀젤의 품에서 발레리에 대공의 인장을 훔쳐냈다. 그리고 그에게 그러한 임무를 부여한 것은 남작의 마부가 아니라 '그분들'이었다.

거짓된 기억이 덧씌워진 건 여기까지였다. 이 이후에 일어나는 일들은 로렌이 아는 것과 같았다.

발레리에 대공의 인장을 잃어버린 라핀젤은 자신이 발레리에 대공의 소공녀라는 걸 증명할 수 없게 되었고, 마녀로 몰려 하이어드들에 의해 살해당한다.

이 모든 일의 단초를 제공한 것은 로렌 하트의 소매치기였다. 그리고 이 한 번의 소매치기로 로렌은 마법에 대한 재능을 얻었다.

모르고 한 짓이다. 그런 변명을 할 수는 있다.

그러나 로렌 하트는 자신이 라핀젤을 죽음으로 몰아넣는 역할을 했다는 사실을 알게 된 후, 이 사실을 줄곧 마음에 걸려 했다.

그래서 로렌 하트는 일부러 자신을 로어 엘프로 바꾸는 선택을 했다. 이미 이름 있는 마법사였으면서도, 더 큰 재능을 원해서 한 선택이라고 말하며.

그리고 로어 엘프 대마법사로 활동하며 로어 엘프의 인권을 신장시켰다. 그의 활약은 라핀젤의 죽음보다도 훨씬 큰 파장을 일으켰고, 세계를 변혁으로 이끌었다.

그럼에도 불구하고 마음속의 거리낌이 사라지는 것은 아니었으며, 결국 로렌 하트는 자신의 기억을 봉하기로 결정했다. 다른 의미가 있는 것은 아니고 그냥 여생을 마음 편하게 살기 위해 한 결정이었다.

그런 탓에 뒤늦게 진실을 알게 되었다. 로렌 하트가 직접 봉인한 기억을 해방시킨 후에나 로렌은 진실을 깨닫게 된 것이다.

"아니야, 로렌."

이 모든 이야기를 다 듣고 난 라핀젤은 고개를 저었다.

"그건 바보 같은 생각이야. 그저 발레리에의 인장을 훔쳐낸 것만으로 나를 죽였다고 한 건……."

"그렇게 반응해 줄 줄 알고 있었어."

라핀젤은 로렌을 어루만지며 용서하고 오히려 그를 위로해 주려고 했지만, 로렌은 고개를 저으며 그녀의 팔을 밀어내었다.

"이건 이미 한 번 거친 일이야."

이걸로 끝났다면 좋겠지만, 이것으로 다 끝난 게 아니었다.

"아직 이야기는 다 끝나지 않았어."

로렌의 이야기는 계속해서 이어진다.

*　　　*　　　*

또 하나의 의문.

인류 의회는 왜 라핀젤을 죽이려 한 것일까?

노예로 취급받으며 고통받는 로어 엘프들을 해방시키겠다고 발레리에 대공령을 나선 소공녀. 인류 의회에게는 그런 그녀를 죽일 동기가 없었다. 아직 영주도 아니고, 일개 양녀일 뿐이다. 그리고 로어 엘프의 해방이라는 아젠다에 인류 의회는 별로 적대적이지도 않았다.

물론 인류 의회는 통일된 하나의 생각으로 움직이는 집단은 아니다. 라핀젤을 위험시하는 의견이 있을 수도 있었다.

그러나 당시에 인류 의회의 집권당이던 인간당은 인간을 주류로 올려놓는 데 안간힘을 쓰고 있었다. 반대로 말하자면, 그것 외에는 별 관심이 없었다.

세계적으로 보자면 인간당에게도 대륙 구석에 처박힌 시골 대공의 소공녀인 라핀젤을 죽일 이유가 없다는 뜻이다.

인류 의회의 일부가 폭주한 결과물인 것도 아니다. 인류 의회는 그렇게 녹록한 집단이 아니다. 아무리 인류 의회가 여러 의견이 난립하는 집단이라 한들, 결국 다수당의 논리로 움직이게 된다. 보통 의회가 그렇듯이 말이다.

그렇다면 결국 라핀젤이 살해당할 이유 따위는 없다는 결론이 나온다.

그럼 로렌 하트가 수행한 신탁은 대체 누가 내린 신탁이란 말인가?

이 의문이 제대로 밝혀진 건 상대적으로 나중 일이 된다. 회귀 주문의 사용 횟수로 치면 15회 이후의 일이니, 최근이라고 하기는 힘들지만 그렇다고 아주 오래된 일도 아닌 셈이다.

진실을 알게 된 건 로렌이 인류 의회의 상위 조직이라 할 수 있는 원로원의 존재를 알게 된 후의 일이었다.

상위 조직이라고는 하지만, 인류 의회에서도 원로원이 존재한다는 것조차 모르는 의원이 많다. 원로원에 대해 알고 있더라도, 그냥 퇴임한 의원들이 모여 있는 일종의 양로원인 줄 아는 이도 많다.

꽤나 괜찮은 기만술이었다.

실상은 각각의 원로들이 독자적인 권한을 가진, 말 그대로의 상위 조직이었다. 의회를 거치지도 않고 인류 영계의 힘을 끌어다 쓸 수 있는 초법적인 조직. 만약 그 존재가 대대적으로 공표된다면 의회는 물론이고 일반 당원들도 가만히 있지 않을 것이다.

그럼에도 불구하고 원로원이 유지될 수 있는 이유는 원로원의 존재를 아는 고위 의원들이 자신도 원로가 되길 원하기 때문이다. 그리고 그들이 카르텔을 이뤄, 원로원의 존재를 적극적으로 감추고 그 전횡을 눈감아주고 있었다.

로렌이 원로원에 대해 알게 된 건 예카테리나의 말실수 때문이었다.

예카테리나는 여당의 당 대표인데, 그런 그녀가 로렌이 이행한 신탁에 대해 모른다고 발언했다. 한 수준 더 높은 정보 공개 레벨이 필요하다느니 뭐라느니. 그 발언이 원로원의 존재를 암시하고 있었고, 로렌은 결국 그 존재를 밝혀내었다.

이것 때문에 인류 의회와 원로원을 적으로 돌리고 또 한 번의 3년을 실패로 마무리하게 되긴 했지만, 그것도 이제는 지나간 일이다.

언제나 그렇듯이, 중요한 건 진실이다.

로렌 하트가 라핀젤을 죽음으로 밀어 넣도록 신탁을 내린 것은 원로원이었다. 그래서 예카테리나도 로렌 하트가 이행했던 신탁에 대해 몰랐던 것이다. 그리고 원로원에서 라핀젤의 격살 명령을 내린 이유는 다음과 같았다.

라핀젤은 여신이다.

정확히는 여신의 파편.

엘프들을 창조해 낸 생명과 마법의 여신, 엘리시온.

라핀젤의 진정한 정체는 바로 그것이었다.

*　　　*　　　*

"뭐라고?!"

너무나도 충격적인 진실에 라핀젤은 더 이상 침묵하지 못하고 부르짖고 말았다.

"내가 여신이라고?"

"정확히는 파편이라고 했잖아. 그리고 그 말, 어떻게 들으면 굉장히 자아도취적으로 들리니까 다른 데선 그러지 마."

라핀젤이 놀라는 바람에 로렌은 상대적으로 태연한 반응

을 보여줄 수 있었다.

"아니… 그게 말이 돼? 네가 말했잖아. 신들은 다 죽었다고."

라핀젤의 반론은 적절했다. 그렇다. 그것은 로렌이 한 말이었다.

로렌도 그때까지는 그것이 진실인 줄 알고 한 말이었다.

"그렇다고 신의 시체까지 이 세계에서 제거된 건 아니었어."

신의 연대, 신들은 물질적인 육체를 지닌 채 이 세계에 군림하고 있었다. 그래서 인류 의회는 신들을 추방하기 위해 일단 그들의 강대한 육체를 살해할 필요가 있었다. 그리고 그 도구로 선택된 것이 드래곤이었다.

"드래곤들은 사투 끝에 신들을 모두 죽였어. 그리고 자신들이 죽인 신의 사체를 섭취했지."

로렌이야 익숙해졌지만, 처음 듣는 이에게는 끔찍한 이야기일 수 있었다. 라핀젤이 미간을 찌푸리는 모습을 보면서도 로렌은 이야기를 멈추지 않았다.

"그리고 드래곤들은 자신들이 신의 사체를 먹을수록 강해진다는 걸 알게 됐어. 알다시피… 아니지, 모를 수도 있겠군. 어쨌든 드래곤들은 힘을 숭앙하는 존재야."

그 정도는 나도 안다고 말하려는 라핀젤의 반론을 미리 막으며, 로렌은 계속해서 말했다.

"그렇기에 드래곤들은 경쟁적으로 뼛조각 하나 남기지 않고 신의 사체를 집어삼켰어. 그럼으로써 드래곤들은 인류 영웅들이 결코 따라잡을 수 없는 강력함을 손에 넣었어. 그렇게 용의 연대가 시작되고, 인류는 드래곤들의 지배하에 놓이게 되었지."

이것은 확실히 라핀젤도 알고 있는 이야기였다. 라핀젤이 고개를 주억거리는 걸 보면서, 로렌은 계속해서 입을 움직였다.

"그런데 그렇게 경쟁적으로 신들의 사체를 먹어치웠음에도 불구하고 그들의 눈에서 벗어난 고깃덩이가 하나 있었지. 뭐, 드래곤들의 입장에서 보자면 한 점이라고 해도 되겠군. 하지만 그 고깃덩이는 사람 하나만 했어."

여기서부터는 라핀젤이 알 턱이 없는 이야기였다. 점점 이야기에 빠져든 듯, 라핀젤은 집중하고 있었다. 그녀의 두 귀가 쫑긋거리고 있었다.

"드래곤들에게 먹히지 않았던 그 고깃덩이는 살아 있었고, 스스로 생각하는 능력도 갖추고 있었어. 여신의 일부였던 그 고깃덩이는 미약하나마 특별한 능력을 갖고 있었고, 그 능력 중 하나를 사용해 사람의 모습으로 둔갑해서 인류 속에 숨어들어 갔지."

로렌은 살짝 한숨을 내쉬어 결론이 가까워졌음을 알렸다.

그리고 이렇게 선언했다.

"그리고 그 고깃덩이의 말예(末裔)가 바로 너야."

로렌의 선언을 들은 라핀젤은 그리 유쾌하지만은 않은 듯 미간을 찌푸려 보였다. 하긴 고깃덩이라는 말을 듣고 기분 좋을 리 만무하다.

"뭐, 아직 이야기가 끝난 건 아니야. 계속 들어봐."

로렌은 화제를 돌렸다. 적절한 판단이었다.

*　　　*　　　*

따지고 보면 적어도 라핀젤의 건에 있어서만큼은 원로원은 제대로 역할을 했다고 볼 수 있었다. 옛 신과 드래곤의 마수로부터 인류의 세상을 지키는 것이 인류 의회를 비롯한 조직들의 역할이었으니까.

라핀젤의 정체가 '여신의 파편'이라는 점은 원로원이 극비에 그녀를 살해하려는 정당한 동인(動因)이 될 수 있었다. 그 과정에서도 신탁을 최소한도로 조절해 간접적인 요소만 동원해서 라핀젤을 죽음으로 몰아넣었고, 인과율도 거의 해치지 않았다.

원로원의 일 처리는 완벽했다.

문제는 두 번째부터였다. 그러니까 로렌이 전생 회귀의 주문으로 돌아와, 이전부터 마음에 걸려 했었던 라핀젤이라는 존재를 살려 버린 이후의 일이다.

원로원이 미리 조율해 둔 인과를 로렌이라는 변수가 완전히 망쳐 버렸다.

이 시점에서 원로원은 깔끔하게 손을 뗐다. 여신의 파편은 나타나는 족족 제거하는 것이 좋지만, 안 죽여도 약간의 리스크만 감수하는 선에서 끝난다.

그 리스크란 건 여신의 각성을 뜻한다.

원로원이 괜히 손을 뗀 게 아니라, 라핀젤이 여신 엘리시온으로서의 신격을 각성하는 일은 좀처럼 일어나지 않았다. 그만큼 가능성이 적은 일이었다.

그런데 가능성이 적다는 말은 곧 가능성이 없진 않다는 이야기였고, 로렌은 자신이 변수를 만들어 세계를 구할 실낱같은 가능성을 찾아 헤매는 도중이었다.

로렌이 회귀 주문을 사용해 시간을 되돌리면서 갖은 변수를 더하는 과정에서 라핀젤이 여신으로 각성하게 되는 건 차라리 필연에 가까웠다.

그래서 어떻게 됐냐면, 로렌과 인류 의회 및 원로원을 비롯한 인류 영계의 세력과 동맹을 맺고 여신 엘리시온과 싸우는 일도 한 번 일어났었다. 그 일을 겪고 나서 로렌은 다시는 엘리시온을 각성시키지 않으려고 노력하게 됐다.

그랬는데…….

*　　　　*　　　　*

"그랬는데?"

라핀젤은 흥미진진하다는 듯 되물었다. 로렌이 예상치 못한 반응이었다. 그야 라핀젤에게 이 사실을 털어놓는 건 처음이다. 예상하지 못할 만도 했다.

"누가 이겼어?"

어떻게 보면 자기 이야기임에도 불구하고 라핀젤의 목소리는 낭랑하기만 했다.

"나와 인류 의회가 이겼어. 뭐, 이겼지만 진 거나 다름없지."

흔히 말하는 피로스의 승리란 거였다. 이기기는 했지만 그 끝은 파멸로 이어지는.

"계획에 없던 여신 엘리시온과의 전투 탓에 소모한 자원과 전력은 그대로 갚아야 할 빚으로 남았고, 결국 쳐들어오는 멸망의 괴물들을 막지 못하고 패배했으니까."

"그렇구나."

라핀젤은 어째선지 실망하는 빛을 얼굴에 띠었다. 하지만 그것도 잠시였다.

"이야기는 잘 들었어."

라핀젤은 의기양양하게 말했다.

"그럼 이제 내가 뭘 하면 돼?"

이번 것이야말로, 정말로 예상외의 반응이었다.

"아니… 좀 충격이라든가 받는 게 낫지 않을까? 너무 반응이 덤덤한데."

"와, 정말 놀랐어."

라핀젤의 목소리는 담담했다. 그렇게 놀랄 거면 차라리 반응이 없는 편이 낫겠다 싶었다.

"지난번의 엘리시온은 네 인격을 잡아먹고 신격(神格)만이 남은 채 폭주했었어."

그래서 로렌은 그냥 이야기나 계속하기로 마음먹었다. 그런 로렌의 태도가 마음에 안 드는 듯, 라핀젤이 한쪽 뺨을 부풀렸다.

"기껏 반응해 줬더니 그냥 넘어가는 거야?"

그러나 로렌의 표정과 목소리는 어디까지나 진지했다.

"그래서 엘리시온의 원수인 인류 의회와 그 첨병인 날 공격했었지."

"아… 응."

더 이상 장난 칠 분위기가 아니라는 걸 깨달은 라핀젤이 조용해졌다.

"다시는 그런 일이 일어나서는 안 된다고 나는 생각했고, 그래서 나는 네게 이 일을 말해야 하나 고민했었어. 하지만……."

"'이번에는' 말할 필요가 있다고 판단한 거네."

확실히 라핀젤은 판단이 빨랐다. 이야기를 두루뭉술하게 했음에도 불구하고 그녀는 로렌이 이미 여러 번 회귀를 반복했음을 알아챈 듯싶었다. 그리고 그 사실을 눈치챘음에도 불구하고 그녀는 별로 절망하는 것 같지 않았다.

"그래, 맞아."

로렌은 고개를 끄덕여 라핀젤의 판단이 맞았음을 인정해 주었다.

"여신 엘리시온의 힘은 정말 강력했어. 적으로 만나서 그런 것일 수도 있지만 어쨌든……. 그 힘을 우리 편으로 끌어들일 수만 있다면 꽤나 든든할 거야."

"그런 게 가능해?"

그런 라핀젤의 되물음에 로렌은 바로 고개를 끄덕일 수는 없었다. 솔직히 말하자면 성공 가능성이 높은 도박이라고 볼 수는 없었다. 아직 시도해 보지 못한 도박이라는 점에 의의가 있을 뿐이었다.

"네 안의 신격… 정확히는 네가 신격의 일부인 거지만 어쨌든. 그 신격을, 네 인격을 유지시킨 채로 각성시킬 수 있다면,

그리고 네가 이 세계를 지킬 의향이 있다면 우리는 엘리시온의 힘을 활용해서 적들을 물리칠 수 있게 될 거야."

로렌은 성공했을 때 얻을 수 있는 것만 말했다. 만약 실패한다면……. 로렌은 그 가능성을 뇌리에서 쫓아냈다. 그 가능성 쪽이 더 높음에도 불구하고 말이다.

"음, 알았어. 그게 이번 '시도'인 거구나?"

로렌의 속을 아는지 모르는지, 라핀젤은 가볍게 말했다.

"그런데 어떻게 하면 그렇게 할 수 있어?"

라핀젤의 물음에 로렌은 심호흡을 하지 않도록 주의하며 아무렇지도 않은 척 허세를 부렸다.

"이제부터 우리가 할 일은 그 방법을 찾는 거야. 네 인격이 여신 엘리시온에게 짜부라지지 않은 채 신격을 각성시키는 법."

"내 인격이 짜부라진다는 건, 실질적으로 난 죽는다는 거지?"

라핀젤은 역시 눈치가 빨랐다. 로렌은 더 이상 허세를 부릴 수 없었다. 그는 굳은 표정으로 고개를 끄덕였다.

"…그래서 나는 오랫동안 이 방법을 시험해 보는 걸 미뤄왔었어."

로렌은 자신의 마음을 분석해 봤다.

스스로가 생각하기에 로렌 본인은 비겁했다.

라핀젤에 대해 연애 감정을 품고 있는 건 아니다.

그러나 라핀젤이 그에게 있어 소중한 사람은 맞았다.

이번 생애는 본래 죽을 운명의 라핀젤을 살리는 것에서 시작했다.

라핀젤을 포기하면 편하게 풀릴 상황이 하나둘이 아니었다. 하이어드들을 적대시할 필요도 없었고, 발레리에 대공과 싸울 필요도 없었다. 인류 연합과 적대시할 필요도 없었다. 그리고 이 세계에 멸세의 괴물들이 찾아올 일도 없었을 것이다.

그러나 로렌은 꿋꿋하게 라핀젤을 살려왔다. 그것은 그저 라핀젤을 위해서만은 아니었다. 지난 생애에 저지른 죗값을 갚는 의미이기도 했지만, 그것뿐만도 아니었다.

로렌의 '정해진 운명'은 지구에 김진우로서 환생해서 멸망한 지구에서 싸우다 죽는 것이다. 아무것도 바꾸지 않으면 그 운명에 다다를 터이다.

그는 그 운명을 바꾸기 위해 전생 회귀의 주문을 썼다.

'라핀젤은 내가 처음으로 바꾼 운명이야.'

그것은 집착이나 다름없었다. 아니면 망상에 가까운 것일지도 모른다. 라핀젤을 죽음의 운명으로 밀어 넣으면, 다른 운명조차도 바꾸지 못할 것만 같은 느낌이 들었다.

멸망의 때가 오면 어떤 방식으로든 라핀젤을 잃는다. 마지막에 이르게 될 결과는 같다.

그럼에도 불구하고 로렌은 라핀젤의 목숨에 집착했다.

'어리석었지.'

스스로가 어리석은 행위를 저지르고 있음을 알면서도 그 행위를 반복할 수밖에 없었다.

그러나 이제는 더 이상 피할 수 없다.

방법이 있다면 해야 한다.

모든 경우의 수를 검토해야만 했다.

그래야 이 지옥 같은 회귀의 연쇄에서 벗어날 수 있을 테니까. 그렇지 않더라도 멸망을 조금이라도 뒤로 미루고, 더 나은 결과를 다음 회귀에 전달할 수 있게 될 테니까.

"그래도 방법이 있다는 거지? 내가 죽지 않은 채 신의 힘만을 부활시킬 방법이."

"아직 가설이야."

그것도 이미 한 번은 실패한. 로렌은 그렇게 덧붙이지는 않았다. 그런다고 모를 라핀젤은 아니었다. 그럼에도 불구하고 그녀는 고개를 끄덕였다.

"한번 해보자!"

꽤나 힘차게. 로렌에게 용기를 불어넣어 줄 생각이기라도 한 듯.

*　　　*　　　*

"사실 네가 날 두고 간 뒤로 나도 고민이 많았어. 내가 그렇게 도움이 안 되나? 싶어서."

라핀젤이 조심스러운 목소리로 속을 털어놓았다.

"행정 일을 열심히 했고, 외교 일도 많이 배웠지만… 네가 라핀젤 자작령을 놓아버린 뒤로 내가 할 일이 없어졌잖아."

일단 라핀젤 자작령은 대외적으로는 라핀젤의 소유였고, 자작의 작위도 그녀의 것이었다. 그러나 로렌은 그것들을 모두 놓아버렸다. 그것이 옳은 판단이기 때문이었다.

그것이 라핀젤로 하여금 상실감을 느끼게 할 것임도 알았다. 알면서도 했다. 그녀가 영주로 남아 있는 게 위험하다는 걸 알기에.

인류 의회가 로렌과 라핀젤에게 우호적으로 돌아선 건 영주직을 포기했기 때문이다. 만약 라핀젤 자작령을 붙잡은 채로 버텼더라면 에카테리나를 위시한 새로운 세력이 인류 의회를 주도하는 일 자체가 일어나지 않았을 것이다.

몇 번을 다시 하더라도 로렌은 이 판단을 번복하지는 않을 것이다.

"아니, 자작령을 놓은 것 자체를 비난하는 건 아니야."

오해를 받는 게 싫은지, 라핀젤은 빠른 목소리로 이어 말했다.

"나는 그저 네 도움이 되고 싶었어."

로렌은 마른침을 삼켰다.

"…네가 날 살렸잖아."

로렌은 위로하듯 말했지만, 별 의미는 없었다.

"네가 날 살린 적이 더 많지."

라핀젤의 말이 맞았다. 라핀젤이 로렌을 살렸을 때보다, 로렌이 라핀젤을 살렸을 때가 더 많았다. 그저 한 번, 그것도 로렌이 구해다 준 엘리시온의 경이 파편을 이용해 로렌을 되살린 것만으로 라핀젤이 만족할 리가 없었다.

그것만으로 은혜를 갚았다고 생각하기엔 라핀젤이 받은 게 너무 많았고, 염치도 없지 않았다. 그녀는 끝까지 뻔뻔해지지 못했다.

"네가 날 놓고 간 후, 브뤼델로 돌아온 나는 마법을 배워보거나 기사도를 단련해 보거나 했어."

"나도 알아."

로렌은 라핀젤이 얼마나 많은 노력을 했는지 알고 있다. 지난 스물여섯 번에 걸친 반복 동안, 그녀가 노력을 하지 않은 회차는 없다.

라핀젤의 마음도 안다. 이렇게 마음을 터놓은 대화를 안 해본 것이 아니다.

그러나 로렌은 그럼에도 불구하고 그녀가 안전한 곳에 가만히 있길 바랐다. 그녀가 그것을 원하지 않음을 알면서도.

"날 아껴주는 건 고맙지만, 그래도 난 네 옆에 있고 싶어."

뒤가 아니라 옆에.

"…그래."

이렇게 된 이상, 로렌은 이제 자신의 이기심을 위해 라핀젤을 뒤에 두고 지켜만 줄 수 없게 되고 말았다.

로렌은 눈을 질끈 감았다 떴다.

로렌과 라핀젤, 둘은 지금 파티마에 있었다. 파티마의 유리 바닥을 지나, 가장 안의 방으로. 지금도 찬란히 빛나고 있는 엘리시온의 경이가 그곳에 있었다.

"엘리시온의 경이 파편을."

로렌의 말에 따라 라핀젤이 목에 걸고 있던 상자에서 파편을 꺼내주었다.

로렌도 품속에서 나침반을 꺼내 부수고, 그 안의 작은 파편을 꺼냈다.

두 개의 파편을 손바닥 위에 올려놓자, 마치 염동력이라도 쓴 것처럼 파편이 떠올라 덩어리를 향해 둥실둥실 날아갔다. 그러나 그것은 염동력의 영향이 아니었다. 그저 엘리시온의 경이가 완전해지기 위해 자신의 파편을 빨아들이는 것뿐이었다.

이윽고 파편은 덩어리에 흡수되었고 그것으로 엘리시온의 경이는 비로소 완전해졌다.

이전보다도 찬란한 빛을 내뿜는 엘리시온의 경이를 향해, 로렌은 손을 뻗었다.

"그럼 시작하자."

로렌은 엘리시온의 경이에 손을 대고 있던 오하라에게 시선을 주었다. 오하라가 고개를 끄덕였다. 뭘 어떻게 해야 하는지에 대해서는 이미 텔레파시로 전달한 바였다.

라핀젤이 마른침을 삼키고, 엘리시온의 경이를 향해 걸어왔다.

라핀젤까지 엘리시온의 경이에 손을 대자, 빛의 힘은 걷잡을 수 없을 정도로 증폭되었고, 그 빛은 삽시간에 모든 것을 집어삼켰다.

"아… 아아……!"

라핀젤의 신음성이 들렸다. 로렌은 눈을 감고 진관의 격으로 보았다.

라핀젤이 신성한 광휘를 발하는 엘리시온의 경이에 빨려 들어가고 있었다.

그것은 신비로운 광경처럼 보였으나, 경이가 발하는 신성한 광휘 탓으로 인한 착시 현상일 따름이다. 실제로는 뱀이 살기 위해 먹잇감을 삼키는 광경과 다를 것이 없었다.

로렌은 입술을 짓씹었다.

그는 한 번 저 광경을 본 적이 있다. 그때는 착시 현상에 속아 넘어갔었다.

당시, 사소한 실수로 라핀젤이 죽어버렸다. 정말 사소한 실수였다. 당시는 멸망의 때도 아니었고, 괴물에게 당한 것도 아니었다. 사고였다. 실족사였다. 저택의 난간이 무너져 2층에서 떨어져, 목이 꺾여 죽었다.

하필 그때 로렌도 자릴 비운 상태였고 모건 르 페이도 로렌이 데려간 상태였다. 그녀가 목에 걸고 있던 엘리시온의 경이 펜던트는 그 뚜껑이 닫힌 상태라 효력을 발휘하지 못했다. 다른 목격자도 없어 발견이 늦어졌고, 그래서 회복 주문이나 빛의 힘이 통할 시기를 놓쳐 버렸다.

로렌은 그 사고를 회귀 주문으로 없었던 걸로 하는 대신 엘리시온의 경이를 이용해 그녀를 되살리려는 시도를 했었다.

라핀젤을 되살리기 위해 엘리시온의 경이에 최대한의 엘븐을 공급했을 때, 딱 지금처럼 경이가 라핀젤을 집어삼켰다. 그때는 그걸 막으려 들지 않았다. 이 현상의 진정한 의미를 몰랐기 때문이었다. 엘리시온의 경이가 그녀를 집어삼키는 건 그녀를 되살리기 위해서라 믿었다.

그렇게 믿어서는 안 됐었는데.

파티마 전체가 신성한 광휘에 휩싸였고, 어디선가 천상의 노랫소리가 들렸다. 파티마 건물이 엘리시온의 강림으로 인해 신전으로 변화하고 있다는 증거였다. 그때와 마찬가지였다.

이제 엘리시온의 경이는 라핀젤을 집어삼킨 후 신을 낳는 고치로 변모해 그녀의 육신을 엘리시온의 신체(神體)로 우화(羽化)시키려고 하고 있었다.

이대로 그냥 두면 라핀젤의 인격은 엘리시온의 신격에 의해 짜부라져 흔적도 남기지 않고 사라져 버릴 터였다. 그것은 곧 라핀젤이라는 애벌레가 죽고 엘리시온이라는 이름의 나비가 새로 태어나는 것을 뜻한다.

그렇게 놔둘 순 없었다.

'제발!'

로렌은 속으로 간절히 빌며 외쳤다.

"멘르바 신이시여! 당신의 교황 로렌이 여기 있으니 찰나나마 강림하시어 축복을 내리소서!!"

멘르바교 교황 전용 기도술, 강신(降神)!

다른 신의 신전에서 강신을 시도하는 건 대단히 위험한 일이었으나, 아직 파티마는 완전히 엘리시온의 신전으로 변화한 것은 아니었다.

그리고 로렌에게는 미리 저축해 둔 멘르바의 선물이 있었다. 이러려고 혼자 나일로 신성국에까지 가서 모은 선물이었다.

로렌은 멘르바의 선물을 풀고 기도술을 통해 안에 든 축복을 신력으로 변환하여, 억지로 강신을 완성시켰다.

기도술에 의해 멘르바의 신격은 배제된 채 그 신력만이 로렌의 육신에 내려앉았다. 인간의 육체는 신력을 품기엔 지나치게 연약했으나, 로렌의 몸은 평범한 인간의 육신이 아니었다.

본래 멘르바의 신력에 의해 단 한 순간 만에 한 줌 먼지가 되어버렸어야 할 로렌의 육신은 승화의 경지에 이르러 소멸에 걸리는 시간을 약간이나마 연장했으며, 별의 몸은 시전 시간도 없이 연속적으로 회복 주문을 퍼부어 육신의 형태를 유지시키고 있었다.

"후욱!"

소멸의 고통은 지극하여 다른 고통에 비할 바가 아니었으나, 로렌은 집중력을 발휘해 이미 반쯤 집어삼켜진 라핀젤을 향해 신력을 휘둘렀다.

"승리의 힘을!!"

멘르바는 승리의 여신! 승리라는 개념은 모호하지만, 그렇기에 오히려 로렌은 그 모호한 개념을 자신에게 유리한 형태로 주물럭거리고 있었다.

멘르바가 신격을 지녔다면 이런 불경한 짓은 절대 용납하지 않았을 테지만, 다행히도 이 세계의 멘르바는 죽은 지 오래다.

승리의 힘이 로렌의 몸에서 빠져나가 라핀젤을 향해 흘러 들어 가기 시작했다.

'한 방울이라도 더!'

전신의 신경이 비명을 지르고 있었지만, 로렌은 그 원인인 멘르바의 신력을 놓지 않은 채 변환을 계속했다.

로렌이 라핀젤에게 불어넣은 승리의 힘은 라핀젤의 인격이 엘리시온의 신격을 상대로 이겨 그 존재를 유지하도록 만들 터였다.

'제발!'

로렌은 다시금 빌었다. 누구에게 빌어야 하나? 멘르바를 포함한 죽어버린 신들은 그 대상으로 적합하지 않고, 지금 강림하려는 엘리시온에게 비는 건 어불성설이었다. 그러니 로렌이 빌어야 할 대상은 라핀젤 본인이었다.

라핀젤이 신격을 상대로 싸워서 이기지 않으면 모든 것이 수포로 돌아간다.

'제발!!'

라핀젤의 몸이 엘리시온의 경이, 아니, 엘리시온의 고치 안으로 완전히 빨려 들어간 것이 보였다. 이제는 모든 것이 끝났다. 로렌은 물론이고 설령 신이라 하더라도 엘리시온의 고치 안에는 어떤 개입도 할 수 없다.

동시에 신력만으로 이뤄진 멘르바의 강림체가 로렌의 육신을 떠났다. 강림의 대가로 바친 선물이 다 떨어졌기에 저절로 강림이 풀린 것이다.

“헉, 허억… 후우…….”

로렌의 몸에서 땀이 비 오듯 쏟아졌다. 전신의 피부가 찢어져 피가 배어 나와, 로렌의 온몸이 피 칠갑이 되어 있었다.

겉으로 보이는 것은 이 정도지만, 사실 근육과 뼈, 내장도 비슷한 상태였다. 잘못했으면 신력에 의해 온몸이 풍선처럼 부풀어 올라 펑 터져 버릴 수도 있었다.

지금도 엘리시온의 고치에서 빛의 힘이 뿜어져 나오고 있고, 그 빛을 가장 가까운 곳에서 받고 있음에도 불구하고 상처투성이인 것이 그 방증이었다. 강신은 그만큼 육신을 혹사시키는 대이적(大異蹟)이다.

그렇다 해도 걱정할 것은 없었다. 이미 위험한 고비는 넘겼다. 빛의 힘을 좀 쐬다 보면 육체의 손상도 회복될 거고, 회복주문을 연속으로 거느라 소모한 마력도 회복될 테니까. 실제로 그의 상처는 빠른 속도로 아물고 있었다.

지금 위험한 건 라핀젤이었다. 이제 모든 것이 라핀젤에게 달렸다.

"성공할지 실패할지……."

실패하면 이번 회귀 전체가 실패로 돌아간다. 로렌이 세워 둔 모든 계획이 어그러지게 될 터이니 당연한 귀결이었다. 고치가 깨지면서 엘리시온이 나온다면 인류 의회뿐만 아니라 인류 전체를 적대시할 테니까.

그러나 성공한다면 라핀젤이 엘리시온의 힘을 휘두를 수 있게 될 것이다. 그녀가 엘리시온의 신력 중 10%만 활용할 수 있어도 멸망의 때에 아주 큰 도움이 될 터였다. 빛의 힘은 멸세의 괴물들이 사용하는 독과 역병을 모두 해독하고 치유할 수 있으니까.

"오하라, 여길 지켜줘. 이제부터 엘리시온의 경이에 누구도 손을 대지 못하게 해줘."

"아, 응."

방금 전의 이적을 오하라도 목격하고 있었다. 그녀가 방금 목격한 이적의 본질을 얼마나 이해하고 있을지 알 수는 없으나, 어쨌든 뭔가 보통이 아닌 일이 일어났음은 이해하고 있으리라.

"로렌, 너는?"

"나? 나는 내 할 일을 해야지."

엘리시온의 고치가 열리는 건 언제가 될지 알 수 없다. 그 안에서 뭐가 튀어나올지도 알 수 없다. 로렌은 그때만을 기다리며 여기 묶여 있을 정도로 한가하지 않았다.

"그렇구나. 알았어. 여긴 내가 지킬게."

"든든하군."

오하라의 말에 로렌은 그녀의 어깨를 두드리며 격려했다.

"모건 르 페이."

뒤이어 로렌은 모건 르 페이를 리콜로 불러왔다.

"네."

"너도 여기 있어줘. 무슨 일이 생기면 내게 연락하고."

모건 르 페이를 라핀젤에게서 떼어놓았다가 후회하는 건 한 번으로 족했다. 두 번은 필요 없었다. 물론 지금의 모건 르 페이는 그 '실패'를 모른다. 그녀는 경험한 적이 없는 실패다. 아는 것은 로렌 하나로 족했다. 그래서 로렌은 그 사실을 굳이 모건 르 페이에게 알리지 않았다.

"알겠습니다."

모건 르 페이는 당연히 자신이 해야 할 일인 듯 고개를 끄덕여 보였다.

"덤으로 너도 여기서 정신력 단련을 하면 좋을 거야."

페이라도 단련하면 강해진다는 건 모건 르 페이 본인이 증명한 바 있었다. 빛의 힘으로 가득한 파티마 안에서는 한층 더 효율적인 훈련이 가능하리라.

그렇게 새롭게 인원 배치를 마친 로렌은 짧게 심호흡을 했다. 마음을 다시금 다져먹기 위한 일종의 버릇 같은 것이었다.

'라핀젤이 승리한다는 전제하에 움직여야지.'

라핀젤의 인격이 엘리시온의 신격을 상대로 승리해 나왔는데, 정작 로렌의 준비가 부족해 이번에도 실패한다면 얼마나 허무하겠는가.

그때를 대비해, 로렌은 미리 처리해야 할 일을 모두 해치워 놔야 했다.

72장
포석 I

로렌이 레물로스 왕국을 돌며 직접 사들인 골동품과 로하트 그룹을 통해 사들인 골동품은 아주 많았다. 창고 몇 개를 채울 정도였으니 말이다.

그러나 그중에 쓸 만한 건 그리 많지는 않았다. 많지는 않지만, 있다는 것 자체가 중요하다. 로렌은 쓸 만한 것들을 추려 모아 연구실로 향했다.

연구에 쓰일 만했던 건 지난 회차 동안 다 분석을 끝내고 로렌의 머릿속에 저장되었으므로 대학으로 보냈고, 나머지 쓸모없는 골동품들은 순차적으로 골동품 시장에 내보내 현금

화시켰다.

멸망의 때가 오면 금이든 뭐든 다 쓸모없어지지만, 그때가 오기 전까지 사람을 부리고 물자들을 사들이려면 돈이 필요하다. 로렌은 부자지만 세상 모든 걸 사들일 수 있을 정도로 부자는 아니었고, 그러니 돈 한 푼을 헛되이 여기지도 않았다.

연구실에 틀어박힌 로렌은 가장 대표적으로 도움이 되는 물건인 고치를 열기 시작했다.

모건 르 페이가 들어 있던 고치를 열 때와 달리, 시간은 그리 오래 걸리지 않았다. 지금의 로렌은 빛의 힘을 사용할 수 있으므로 안의 생명체가 다치지 않도록 조심할 필요가 없었다. 그냥 빛의 힘을 내뿜으면서 고치를 열면 됐다.

빛의 힘으로 가득해진 파티마에서 고치를 열어도 되지 않을까? 하는 생각도 들고, 이미 한 번 실행도 해봤지만 고치를 열기도 전에 고치 안의 생명체가 깨어나는 문제가 생겼기에 결국 연구실에서 일일이 고치를 여는 작업을 수행하는 수밖에 없었다.

"오오… 나는 살아 있었던가."

안의 존재는 녹색 피부에 온몸이 쭈글쭈글한 난쟁이였다. 로렌은 그의 정체를 아주 잘 알고 있었다. 이미 몇 번이고 되살린 적이 있으니 말이다.

이 난쟁이의 정체는 바로 고블린이었다. 현대 인류에게 마물로 취급받는 그 고블린이 맞다. 비록 고대의 고블린이라 현대의 고블린과는 모습이 달랐고, 지능도 높았지만 말이다.

현대의 고블린은 마물로 핍박받느라 문명도 일으키지 못했고 오로지 생존과 번식에만 모든 역량을 집중하느라 제대로 된 언어조차 잃어버렸다.

다른 인류 종족들이 보기에 고블린들은 그저 끽끽댈 뿐인, 원숭이와 크게 다르지 않은 생명체였다. 간단한 무기를 다룰 줄 알지만, 원숭이도 나무 막대기를 휘두를 줄은 안다.

현대의 고블린은 열 살을 넘기기도 힘들다. 인간의 열 살 아이보다도 익힐 수 있는 것이 적다는 소리다. 지능도 낮고 손재주도 그리 좋은 편이 아니니 문명을 쌓는 건 어불성설이다.

태어난 지 몇 시간도 지나지 않아 일어나서 걸어 다닐 수 있게 되고, 한 살만 되도 바로 살상 능력과 생식 능력을 갖추는 강인함을 손에 넣는 대신 인류로 분류되기 위한 중요한 소양을 수명과 함께 모두 버리고 만 것이다.

그런데 고블린이 고대, 그러니까 용의 연대에는 인류였다니! 나름의 언어와 문자를 가진 종족이었다니! 이 사실을 처음 알았을 때 로렌은 꽤 충격을 받았다. 당연히 충격을 받은 건 처음뿐이었고, 그 뒤에는 고블린어와 고블린 문자를 배워 마력으로 전환시켰지만 말이다.

그래서 지금 로렌은 유창한 고대 고블린어로 이가카가에게 말을 걸고 있었다.

"그래, 내가 살렸지."

로렌은 고치 안에서 나온 난쟁이에게 퉁명스레 답하며 빛의 힘을 거두었다.

"고블린 킹, 이가카가. 먼저 말해두지만, 네 동족은 모두 죽었다. 네가 이 세계에 살아남은 마지막 고블린이다."

고블린 킹이라고는 해도 모든 고블린의 왕인 것은 아니고 작은 부족국가의 왕일 뿐이다. 아마 그와 동시대의 고블린 킹은 수백 명, 심하면 수천 명도 존재했으리라. 지금은 이가카가 단 한 명뿐이지만 말이다.

"아니, 무슨……."

이가카가는 로렌의 갑작스러운 말에 혼란스러워하는 것 같았지만, 로렌은 그에게 정보를 꾸역꾸역 밀어 넣는 걸 멈추지 않았다.

"넌 이제부터 날 도와서 이 세계의 멸망을 막기 위해 일을 해줘야 한다. 내게 은혜를 갚기 위해서라기보다는 너 자신이 살아남기 위해서."

"세계의 멸망이라고?"

"에잇, 귀찮게."

처음부터 설명하려니 귀찮아진 나머지, 로렌은 이가카가에게 텔레파시를 쏴주었다. 현 시대에 대한 대략적인 정보와 3년 후에 찾아올 멸망의 때에 관한 정보를 정리한 심상이었다.

이걸로 이가카가는 자신에게 쏟아져 온 정보를 정리하느라 잠시 입을 다물 것이다. 그 틈을 타 로렌은 다음 고치를 열었다.

"여긴 대체… 전 분명히……."

"페이 프린세스, 나와 유대를 맺으시죠."

고치 안의 존재가 의식을 되찾자마자 로렌은 다짜고짜 말했다. 그 존재, 페이 프린세스는 로렌의 얼굴을 한 번 확인하고 활짝 웃으며 말했다.

"좋아요!"

말하는 동안 이미 유대를 맺기 위한 마법진이 완성되어 있었고, 페이 프린세스의 허락이 떨어지자마자 로렌은 마법진에 마력을 퍼뜨렸다. 이것으로 로렌과 페이 프린세스는 유대를 맺은 사이가 되었다.

"어, 유대를 맺은 다른 페이가 있었군요! 절 속였어요!!"

"응, 맞아."

유대를 맺자마자 로렌은 페이 프린세스에게 반말을 썼다. 다른 방법도 써봤지만 그녀를 속이는 게 가장 시간 낭비가 적었기에 한 선택이었다.

"너도 잠깐 저리 가 있어봐. 아, 네 이름은 귀네비어야."

로렌은 페이 프린세스에게 귀네비어라는 이름을 붙여주며 이가카가에게 쏴준 것과 같은 심상을 텔레파시로 쏴주고 한쪽에 치워놓았다.

페이 프린세스라고는 해도 어차피 아라크네에게 당할 정도로 약한 개체다. 그렇다고 쓸모가 없는 것은 아니다.

로렌은 그 자리에서 세 개의 고치를 연속으로 열었다. 모두 페이였다. 예전에는 그렇게 안 보이던 페이가 든 고치가 이렇게 많았을 줄이야. 대마법사였을 때와는 차원이 다른 수집능력 덕이라 할 수 있었다.

어쨌든 로렌은 이미 페이 프린세스 귀네비어와 유대를 맺었기 때문에, 그녀를 통해 세 명의 페이를 모두 복종시켰다. 이로써 로렌은 다섯 명의 페이와 동시에 유대를 맺은 셈이 되었다.

"당신은 무례한 사기꾼이지만 그래도 마음에 드네요! 신하를 거느림으로써 저는 퀸의 자격을 얻었어요!"

페이 프린세스, 아니, 이제 페이 퀸이 된 귀네비어는 매우 기분이 좋은 듯 미소를 흘리며 자랑스럽게 선언했다. 그녀가 그 선언을 할 걸 미리 알고 있던 로렌은 대충 고개를 주억거려 주고는 질문부터 던졌다.

"귀네비어, 통신망의 연결은 어때?"

"순조로워요. 그보다 절 너무 순조롭게 부려먹는 거 아닌가요?"

그야 한두 번 부려먹는 게 아니니, 부려먹는 것에 익숙할 수밖에 없었다. 귀네비어의 입장에서 보자면 그녀는 처음 부려먹혀 보는 거겠지만, 로렌이 상관할 바는 아니었다.

고치 안에는 고대 고블린들도 많았다. 옛날 같았으면 고블린이 든 고치를 모두 폐기했겠지만, 고대 고블린의 활용법을 알게 된 지금은 빛의 힘을 아낌없이 써서라도 고치를 열어둬야 했다.

고치에서 나온 고대 고블린들은 일일이 설득할 것도 없이 전원 다 고블린 킹 이가카가의 휘하에 놓였다. 총 일곱이었다. 고블린 킹을 미리 설득해 냈기에 쓸 수 있는 방법이었다. 이 순서를 몰랐던 때는 고블린들을 일일이 설득하느라 애를 먹었었다.

고블린들도 개체마다 차이가 있어서 더 짜증이 나는 작업이었지만, 고블린 킹에 대한 복종만은 유전자에 새겨져 있는지 이가카가의 말만은 잘 따랐다.

'자, 그럼 다음은…….'

이제부터가 문제였다. 로렌은 뻐근해진 어깨에 회복 주문을 걸며, 바로 다음 작업에 돌입했다.

페이나 고블린이 갇혀 있던 고치는 사실 엄격하게 따지자면 고치라 부를 수는 없다. 아라크네라는 고대의 마물이 사냥감을 잡아 거미줄로 둘둘 말아놓은 것이 그 정체이기 때문이다.

아라크네는 페이나 고블린 따위의 크기가 작은 사냥감을 주로 노린다. 인간형 생물만 잡아먹는 건 아니고, 작은 파충류나 양서류, 벌레 등도 잘 먹는다.

로렌이 고치를 골라가며 열어서 그렇지, 사실 모든 고치를 다 열었다면 고대의 독 두꺼비나 날개 달린 뱀, 거대 잠자리 따위도 나왔을 것이다. 바쁘지 않다면 그것들로 고고 생물학이라도 연구하면 좋았겠지만, 아쉽게도 그럴 시간까지는 없었다.

어쨌든 여기서 말하는 아라크네의 크기가 작은 사냥감 중에는 좀 독특한 게 포함되어 있다.

"샤아아아악!"

로렌이 새 고치를 열자마자, 그 존재가 튀어나와 포효했다. 8개의 다리를 지니고 딱딱한 외골격으로 이뤄진 하반신과 대비되도록, 상대적으로 부드러워 보이는 살결로 이뤄진 상반신. 그 상반신의 모습은 마치 인간 처녀와 같아, 더욱 그로테스크하게 보였다.

처음 이 고치를 열었을 때 로렌이 얼마나 놀랐는지 모른다.

"내 명령을 들어라, 아라크네."

하지만 지금의 로렌은 놀라지도 않고 미리 예상이라도 한 듯, 준엄하게 명령했다.

로렌이 부른 바대로, 이 마물의 정체는 바로 아라크네였다. 로렌이 이제껏 고치라 불렀던 것이 아라크네가 저장해 두었던 먹잇감이었다는 것을 되새겨 보라. 즉, 이 아라크네라는 마물은 동족 포식을 아무렇지도 않게 하는 진짜 마물이었다.

"꿇어라!"

그런데 그 끔찍한 마물인 아라크네가 놀랍게도 여덟 개의 다리를 꿇어 로렌에게 복종의 의사를 보였다.

"이럴 수가, 아라크네가 인간의 명령을 듣다니!"

고블린 킹 이가카가가 새삼 놀라 외쳤다.

아라크네가 본능적으로 인간을 적대시하도록 만들어진 마물임에도 로렌의 명령을 따르는 이유는 로렌이 마물 통제 능력을 배웠기 때문이다.

신의 연대에 만들어진 고대 마물, 신의 흙인 릴리트 릴림에게 배운 마물 통제 능력이 없었더라면 로렌은 이 고치를 열 생각도 하지 않았을 것이다.

"아라크네의 거미줄은 아주 유용하게 쓰이지."

머리카락 굵기도 안 되는 얇은 아라크네의 거미줄은 대단히 튼튼하다. 가혹한 차원의 벽 너머 환경에서도 끊어지지 않고 몇 톤씩이나 되는 무게를 지탱하는 끈은 흔치 않다.

아무리 각인기에로 소재의 특성을 마음대로 변화시킬 수 있다지만, 얇은 끈에 각인을 새기기란 참으로 귀찮고 피곤한 일이다. 아라크네의 거미줄을 쓰면 이런 귀찮은 작업에 시간을 낭비할 필요가 사라진다.

게다가 아라크네의 활용도는 비단 거미줄에 그치지 않는다.

마물 주제에 선천적으로 손재주가 매우 좋아서, 천을 짜거나 옷을 만드는 데 특별한 재능을 지니고 있다.

거미 주제에 지능도 꽤 높은 편이라 말도 잘 알아듣고, 보기보다 깔끔한 성격이라 청소를 곧잘 하는 데다 서식지 주변의 벌레는 물론 쥐나 뱀 같은 것도 아예 근절시켜 버릴 수 있어 저택 천장에 거미줄을 쳐놓는다는 점만 무시하면 하우스메이드로서 가치가 높은 편이다.

상반신만 보자면 보라색의 피부색이 특이하긴 하지만 그럭저럭 아름다운 처녀처럼 보인다는 점도 특수한 취향의 사람들에겐 꽤 부각될 장점이리라.

이렇게 많은 장점을 지닌 아라크네지만, 로렌이 요구할 건 오로지 거미줄뿐이었다.

로렌은 계속해서 아라크네가 들어 있는 아라크네의 고치를 열었다. 원래대로라면 더 큰 개체가 더 작은 개체를 잡아먹지 못해 발악해야 했지만, 로렌의 마물 통제 능력에 의해 얌전해진 채 차곡차곡 쌓였다.

"이제 거의 다 끝나가는군."

아무리 로렌이 회귀 주문을 스물여섯 번씩 써가며 100년 이상의 수련 기간을 거쳤다지만, 그런 그라도 빛의 힘을 끌어내는 건 상당히 힘겨운 작업이었다. 어느새 이마에 송골송골 맺힌 땀을 닦아내며, 그는 자신의 어깨를 주물렀다.

"그런데 이가카가, 슬슬 연락 올 때 안 됐나?"

"연락?"

다음 순간, 이가카가의 눈빛이 변했다. 그런 그의 변화에 로렌은 회심의 미소를 띠었다.

"오셨군요."

로렌의 앞선 인사말에 이가카가는 그리 유쾌하지는 않다는 듯 말했다.

"…마치 내가 올 걸 알고 있었던 것 같군, 로렌."

아니, 상대는 이가카가가 아니다. 로렌은 태연스레 이카카가가 아닌 그의 몸에 접속한 누군가의 말을 받았다.

"저는 인류 의회에서 꽤 유명한 편 아니었나요? 제 이름을 알고 계시는 것도 그렇고."

너스레를 떠는 로렌의 말에 상대는 혀를 찼다.

"그래, 자네가 던져놓은 예지 때문에 의회가 꽤나 소란스럽지. 이제야 좀 믿을 마음이 드는군. 솔직히 나는 예카테리나가 마음에 안 드는데……."

상대는 그냥 내버려 두면 이 화제로 한나절은 떠든다. 로렌은 무례를 감수하고 그의 말을 끊었다.

"죄송한데 가능하면 바로 본론으로 들어가 주시죠."

"아, 그렇군. 미안."

이가카가의 몸을 차지한 인류 의회의 죽은 자는 더 떠들 수 없는 게 불만인지 입맛을 다시면서도, 순순히 로렌의 요청에 따랐다.

"인류로서는 절멸당한 것이나 다름없는 고블린의 마지막 왕을 되살려 줘서 고맙네, 로렌. 고블린당의 당수인 오토도토의 이름을 걸고 정식으로 사례하도록 하지."

이 죽은 자의 이름은 오토도토. 그 자신의 입으로 소개한 것과 같이 고블린당의 당수다. 멀쩡하게 말을 하고 있는 것을 보아 알 수 있듯, 그 또한 고대 고블린이다.

고블린이 마물 취급을 당하고 있는 데도 별다른 수도 못 쓰고 그런 취급을 감수하고 있는 것에서 알 수 있듯, 인류 의회에서 고블린당의 입지는 매우 약하다.

매년 엄청난 숫자의 고블린이 죽어 인류 의회에 합류함에도 불구하고 고블린당의 입지가 약한 이유는 죽은 고블린들이 언어조차 잊은 저능한 영혼인지라 당원으로서의 역할을 기대하기 힘든 게 원인이었다.

그렇다고 오토도토를 무시해서는 안 된다.

정확히는 다른 고블린들은 무시하더라도 이 오토도토라는 의원만큼은 무시해선 안 된다.

"사례는 제가 필요할 때 의회에서 제 손을 들어주시는 것으로 받겠습니다. 제가 영혼 용량이 꽉 차서 축복은 못 받거든요."

아무리 현실의 고블린이 마물 취급을 받는다고는 해도, 인류 의회에서의 고블린은 인류의 일원이다. 게다가 고블린의 죽음이 인류 의회의 중요한 영적 자원의 수급 수단이 되어버린 이상, 인류 의회는 오토도토의 말을 무시할 수 없다.

죽은 자들의 사회라고는 하나 인류 의회도 사람 사는 곳이다. 정확히는 죽은 사람들의 사회지만, 어쨌든 피도 눈물도 없는 곳은 아니라는 의미다.

고블린을 인류의 지위로 되돌리는 것은 인류 의회의 모든 당파가 거부하겠지만, 그런 고블린들의 처지를 동정하거나 죄책감을 느끼는 의원도 적지만은 않았다.

즉, 오토도토가 손을 드는 안건에 같이 손을 들어줄 의원 또한 결코 적은 수가 아니다.

그들이 오토도토에게 힘을 실어주는 건 단순히 고블린들의 처지를 동정만 해서가 아니다. 여기에는 고단수의 정치적 계산이 깔려 있다. 이런 '감정론'은 최일선에서 정치적 싸움을 하는 의원들에겐 씨알도 안 먹힐 이야기지만, 일반 당원들 입장에선 완전히 달라진다.

당파라고 해서 하나의 덩어리로 묶여 있는 게 아니라, 그 내부에서도 주도권을 갖기 위한 싸움이 치열하고 그 승리에 당원들의 지지는 필수 불가결하다.

어쨌든 그 결과, 고블린당은 여전히 약소당이지만 오토도토라는 의원 개인에게는 상당한 발언권이 주어져 있는 상태였다.

적으로 돌려서 좋을 상대가 아니었다.

"그보다 이가카가에게나 축복을 듬뿍 내려주시죠. 지휘 계열로."

그럼에도 불구하고 로렌은 격의 없는 말투로 오토도토에게 요청했다. 그야 그렇다. 적으로 돌리지 말아야 하는 상대라고 비굴하게 대할 필요는 없다. 오히려 그건 정치적으로 그리 좋지 않은 태도다. 얕보여서 좋을 게 없는 건 정치판이나 싸움판이나 마찬가지니까.

게다가 이 요청은 이카카가를 위한 것이기도 했다. 아무리 고대 고블린이라지만, 고블린 같은 미물이 멸망의 때에 큰 역할을 맡긴 힘들다. 인류 의회의 축복이라도 받지 않는 한 말이다.

애초에 로렌은 오토도토가 이가카가에게 내려줄 축복의

성향 또한 계산에 넣었기에 다른 고블린들도 되살린 것이다.

지휘 계열의 축복은 휘하의 동족들에게도 축복의 효과를 전파할 수 있기에, 휘하 고블린의 숫자가 많을수록 그 혜택이 커진다. 물론 숫자의 한계는 있지만, 로렌이 그 한계에 딱 맞도록 고블린의 숫자를 조절했기에 문제 따위는 없었다.

"…자넨 정말 모르는 게 없군. 알았어, 좋네."

오토도토는 어이없다는 듯 입을 벌리고 있다가 혀를 내둘렀다.

"나머지는 본인들끼리 상담하시죠. 전 바빠서."

"어련할까. 알았네. 알아서 하지."

오토도토의 질렸다는 반응을 뒤로하고, 로렌은 다시 작업에 몰두했다.

*　　　*　　　*

로렌은 다르키아 왕국으로 온 첫날에 이미 릴리트 릴림, 즉 릴리를 대륙 남부로 파견해 놨었다. 그녀와 헤어진 건 브뤼델에 오기도 전의 일이었다.

[교황 성하, 내리신' 교지를 모두 행하였나이다.]

릴리에게서 그런 보고가 돌아온 것은 일주일쯤 지난 후의 일이었다. 이 보고는 텔레파시가 아닌 교도(教徒)간 통신 기도

술로 이뤄졌다. 이 통신 기도술은 텔레파시보다도 더 넓은 지역을 커버할 수 있는 대신, 멘르바교 교도 사이에서만 사용할 수 있는 게 단점이었다.

[수고했다.]

[성하의 치하에 실로 황공무지하나이다.]

로렌이 릴리에게 한 명령은 남부에 있는 드래곤 두 마리를 추가로 섭외하도록 한 것이었다. 드래곤의 천적인 신의 흙으로선 그리 어렵지 않은 일일 터였고, 실제로 릴리는 쉽게 해냈다. 섭외 수준이 아니라 제압해서 조교까지 끝내 버릴 정도였으니 말이다.

그래서 로렌은 릴리에게 용의 연대에 절멸한 고대 종족인 하이 트롤의 유물을 회수하도록 추가적인 명령을 내렸는데, 이것도 일주일 만에 해치웠다는 보고가 지금 들어온 것이다.

처음 멘르바의 교도가 되었을 때 릴리에게 부려먹혔던 걸 생각하면 억지로라도 그녀를 더 험하게 굴려주고 싶은 마음이 아직까지도 들지만, 지금은 효율을 생각해야 할 때였다.

그리고 그 당시의 릴리도 어쨌든 세계의 멸망을 막기 위해 동분서주했다는 것을 감안해 줘야 했다.

[그럼 다음 명령을 내리도록 하지.]

효율을 생각한다고 릴리를 안 굴릴 것도 아니었고 말이다.

더 효율적으로 굴릴 뿐이다.

[열심 성의를 다하겠나이다.]

단 하나, 마음에 들지 않는 게 있다면 릴리는 로렌에의 명령에 기꺼이 따르고 있다는 점이었다. 아니, 오히려 명령을 내리지 않으면 하루 종일 시무룩해하며 로렌의 주변을 맴돈다. 그건 매우 개 같았다. 주인의 명령만을 기다리는 충직한 개 말이다.

어쩌면 로렌이 릴리를 교황으로 섬길 때 그렇게 험하게 대한 건, 자신을 그렇게 대해달라는 표현의 일환이 아니었을까 하는 생각조차 들 정도였다.

그렇다고 굴리는 걸 멈출 로렌은 아니었다. 어차피 시킬 일도 많았다. 로렌은 다음 지시를 내렸다.

[마왕을 잡아와라.]

대륙 남부 또한 당연히 인류의 영역이다. 드래곤들을 성공적으로 절멸시키고 인류 연대가 찾아온 후, 대륙에 인류의 땅이 아닌 곳은 없었다.

그러나 드래곤의 저주를 받아 퇴화해 버린 트롤들은 대륙 남부에 펼쳐진 거대한 정글의 주도권을 잃어버렸고, 트롤이 아닌 다른 종족들은 정글에서 제대로 힘을 쓰기 힘들었기에 주도권은 자연스레 마물들에게 넘어가고 말았다.

갑자기 생긴 공백지에서 마물들은 쑥쑥 성장했다. 정확히는 약육강식의 난장판을 거쳐 강한 놈만이 살아남아 번영한 것이지만, 어쨌든 그 결과 마물들이 강해진 것만은 틀림없었다.

비록 인류 의회의 개입을 두려워한 나머지 정글 밖으로는 나올 수 없었다 하나, 인류 의회의 시선이 인구 밀도가 더 높은 대륙 북부와 중부에 집중된 틈을 타 번영의 시기를 맞이할 수 있었다.

그 번영은 실로 전례 없는 것이었다.

신의 연대에는 인류를 성장시키기 위한 신의 도구로 쓰였고, 용의 연대에는 드래곤의 특별 간식으로나 전락했던 마물이 인류를 비롯한 그 어떤 존재의 방해도 받지 않고 자신의 영지를 얻어 번영한 것은 이 세계가 시작된 이래 처음 있는 일이었다.

그 번영은 마물들의 춘추전국시대가 끝나고, 그것들 나름의 질서가 설 때까지 이어졌다.

인류를 본능적으로 증오하는 마물들이 인류 사회를 본따 자신들의 왕을 뽑아놓은 건 차라리 코미디에 가까웠으나, 문제는 그렇게 세워진 왕이 얕볼 만한 존재가 아니라는 점이었다.

[네 마물 통제 능력은 통하지 않을 거다. 마왕은 너와 거의 호각일 정도로 강해.]

신의 흙인 릴리트 릴림의 능력으로도 간단히 지배할 수 없을 정도로 강력하니 말이다.

마왕 하나만 해도 껄끄러운 상대인데, 남부 대륙 정글 전체가 마왕의 영지고 그 신하와 수하들이 우글거리니 약간 더 강한 정도로는 이빨도 박히지 않는다.

[어차피 드래곤 두 마리는 거의 미라나 다름없는 상태로 끌고 다니고 있겠지. 그놈들에게 물과 음식을 주고 전력(戰力)으로써 부리도록. 사용법을 알려줄 테니 하이 트롤의 유물도 네가 써라.]

릴리트 릴림이라 하더라도 전력을 다하지 않으면 안 되는 상대다. 로렌은 거듭 주의를 주었다. 교황인 자신의 말을 무시할 릴리트 릴림은 아니지만, 이 임무는 그녀조차도 두어 번 실패한 적이 있는 극도로 위험한 임무다.

더 안 좋은 건 지금의 릴리는 아직 실패해 본 적이 없다는 점이었다. 그녀의 전성기 시절엔 그녀 본인이 마왕이나 다름없었을 것이다. 주의를 주지 않으면 분명 방심할 터였다.

[네가 마왕과의 전투에 승리한다면 마물 통제 능력으로 그놈을 지배할 수 있게 될 거야. 그렇게 제압해서 데려와.]

로렌이 멸망의 괴물들을 상대로 방어전을 펼칠 거라면 이런 짓은 하지 않아도 된다. 정글을 자신들의 터전으로 삼은 남부의 마물들은 북부의 마물들과 달리 괴물들과 맞서 싸웠으니까. 그 전투 결과, 마물들은 괴물들의 진군 속도를 극적으로 낮췄고 시간을 많이 벌어주었다.

그러니 방어를 생각한다면 정글의 마왕은 그냥 놔두는 것이 나았다.

그러나 로렌은 이번에 공격에 나설 셈이었다. 공격에 나설 수 있는 전력은 한정되어 있고, 자연히 양을 불리는 것보다는 질을 높이는 것에 주력할 수밖에 없어졌다.

그런 의미에서 볼 때, 정글의 마왕은 아군으로 끌어들일 수만 있다면 반드시 끌어들여야 하는 존재였다.

[이 릴리트 릴림, 성하의 기대에 반드시 부응토록 하겠나이다.]

말이야 든든하지만, 릴리트 릴림도 아직 성공한 적이 없는 임무다. 지난번엔 마왕을 상대로 승리하긴 했으나, 살려오지 못하고 죽여 버리고 말았으니 말이다.

하지만 승리해 봤다는 게 중요하다. 죽이는 데 성공하면서, 이기는 방법도 깨달았다. 그 과정에서 그녀 본인이 발견해 낸 공략 방법도 전수했으니, 이번에야말로 성공할 수 있으리라.

마음 같아선 로렌이 직접 가고 싶지만, 대륙 남부는 너무 멀었다. 그리고 엘리시온의 고치에서 뭐가 나올지 모르는 이상, 로렌은 다르키아 왕국 내에서 대기하고 있어야 했다.

[부탁한다.]

로렌은 마음을 다해 그렇게 전달했다. 그랬더니 반응이 가관이었다.

[…하악! 하아! 전력을, 흐으읍! 다하겠나이다!]

로렌은 한순간의 변덕으로 릴리트 릴림을 독려한 걸 후회하며 그녀와의 통신 기도술을 끊어버렸다.

73장
포석II

이번에 로렌은 다르키아델로 향했다. 목적지는 왕궁이 아니라 마법사청이었다.

베르테르를 비롯한 로렌의 초대 직계 제자들과 재뉴어리를 비롯한 2대 제자들 모두가 지금 마법사청에서 근무하고 있었다. 로렌이 만나려고 하는 건 수석 궁정 마법사, 즉 베르테르였다.

"약속 없이 찾아와서 미안하군, 수석 궁정 마법사."

만약 로렌이 호국경이 아니었다면 꽤 문제가 될 행태였다. 현 수석 궁정 마법사직은 다르키아 왕국 국왕 직속의 심복이나 다름없었고, 중앙집권화가 진행되어 가고 있는 다르키아 왕국의 상황을 생각하자면 그야말로 권력의 중심이었으니까.

실제로 지금 베르테르의 권력은 몇 년 전까지의 대공급에 비견할 만했다. 그런 사람을 약속도 없이, 그것도 비서실도 거치지 않고 직접 찾아오다니. 꽤나 무례한 일이다.

"스승님이시라면 언제 찾아오셔도 무방합니다."

물론 로렌은 이래도 되니 이러는 거긴 하지만 말이다. 직계 스승에 전임 수석 궁정 마법사인 로렌에게 베르테르가 어떻게 감히 무례를 따지겠는가?

원래라면 제자의 면을 세워주기 위해서라도 굳이 예의를 갖춰 정해진 절차를 밟아줄 로렌이었지만, 이제부터 그에게 할 제의의 성질을 생각하자면 그냥 들어오는 편이 나았다.

"그리고 부디 그냥 베르테르라 불러주십시오."

마법사로서 최고의 권좌라 할 수 있는 자리에 오른 베르테르는 약간 피곤해 보였다. 분명 베르테르는 출세하는 것이 인생의 목표라고 한 적이 있었다. 그런데 스승의 자리를 물려받은 그는 그리 행복해 보이지는 않았다.

로렌은 베르테르가 이러는 이유를 안다. 지난 회차에 이미 제자와 상담해 본 적이 있기 때문이다. 그리고 로렌은 베르테르의 고민을 해결해 주러 왔다. 상담도 하기 전에 해결부터 해주러 오다니. 순서가 바뀌었지만 로렌은 크게 신경 쓰지 않았다.

"네게 거래를 하나 제안하도록 하지, 베르테르."

로렌은 대뜸 말했다.

"저와 스승님 사이에 말씀입니까? 스승님께서는 그저 제게 지시만 하시면 됩니다. 제가 할 수 있는 일이라면 무엇이든 하겠습니다."

기특한 대답이지만 적절한 대답은 아니다. 로렌은 고개를 저었다.

"아니, 이건 부탁이 아니라 거래다. 이 제안을 받아들이는 대신, 넌 네 인생의 목표였던 것을 내려놓아야 할지도 몰라."

진지한 로렌의 말에 베르테르는 긴장한 듯 표정을 굳혔다.

"말씀하십시오."

그런 그에게 로렌은 이렇게 제안했다.

"수석 궁정 마법사직을 내려놓고 나와 함께 싸우러 가자. 그 대신, 널 별의 영역에 올라서게 만들어주마."

베르테르는 눈을 몇 번 깜박이고, 입을 몇 번 뻐끔거렸다. 그것은 그가 망설이기 때문에 보이는 반응이 아니었다.

"…바라마지 않던 바입니다!"

로렌이 정확하게 자신이 원하는 것을 짚어내었기에 보이는 놀라움의 반응이었다. 사실 로렌도 처음에는 몰랐다. 너무 덥석 고개를 끄덕이기에 몇 번 다시 물어봤을 정도였다. 그러나 베르테르의 영입 시도도 두 자릿수를 넘어간다.

"좋다."

그러니 로렌도 두 번 묻지 않고 씨익 웃으며 베르테르의 등을 두들겨 줄 수 있었다.

퍼엉.

"크헉!"

갑작스러운 로렌의 일격을 맞은 베르테르는 피를 토하며 그 자리에 엎어져 버렸다. 고통스러워하며 움찔거리는 것이 꼭 애벌레 같았다.

로렌은 고통스러워하는 베르테르에게 빛의 힘을 쬐여주었다. 그러자 베르테르의 내상이 순식간에 아물었다. 고통도 사라져 갈 터였다.

몸의 떨림이 멈추고 베르테르가 어느 정도 정신을 차리는 것 같자, 로렌은 그를 일으키고 다시 한 번 등을 두들겨 주었다.

퍼엉.

"크악!"

베르테르는 다시금 고통 속에 내던졌다.

갑작스레 자신을 핍박하는 스승의 행태에 베르테르의 눈동자에 의문이 떠올랐지만, 스승을 향한 원망이나 증오 같은 건 찾아볼 수 없었다. 그런 베르테르의 반응에 로렌은 새삼 혀를 끌끌 찼다.

"녀석… 내가 나쁜 놈이었으면 어쩌려고……. 아니, 이미 나쁜 놈인가."

로렌이 베르테르에게 시행하고 있는 행위는 바로 이것이었다.

10년 치의 공력이 담긴 등 두들기기.

로렌도 리처드 남작에게 당한 적이 있었던 바로 그거였다. 리처드 남작은 초면에 두 번이나 등을 두들겨 줬고, 공력을 20년 치나 한꺼번에 밀어 넣는 바람에 그걸 받아들이느라 죽을 고생을 해야 했다.

그나마 로렌이 탈란델이나 레윈을 통해 공력이란 힘을 어느 정도 다룰 수 있어서 망정이지, 일반인에게 이런 짓을 했다간 몇 초도 못 버티고 죽어버릴 것이다. 그런 의미에서 리처드 남작이 처음 로렌과 만났을 때 한 짓은 참 위험하기 짝이 없는 짓이었다.

그러나 이것이 탈각의 경지에 오르는 가장 빠른 방법임은 이미 수십 번에 걸친 임상 실험 끝에 결론이 났다. 그 임상 실험의 피험자 중 한 사람이 바로 베르테르 본인이었고 말이다.

"으아아아아악!"

베르테르가 비명을 내지르며 땅바닥을 데굴데굴 굴러다녔

다. 제대로 단련조차 하지 않은 육체의 구석구석을 공력이 돌아다니며 부숴대고 있는 것이다. 그야말로 전신이 조각조각 나는 듯한 고통이 베르테르의 정신을 뒤틀리게 만들고 있을 터였다.

그런 베르테르를 측은한 시선으로 내려다보며, 로렌은 다시금 빛의 힘을 쬐여주었다.

그 작업을 몇 번이나 반복했을까. 베르테르의 눈동자는 이미 초점이 맞지 않았다. 하지만 로렌에겐 익숙한 작업일 뿐이었다.

'이쯤 하면 되겠군.'

로렌은 베르테르를 일으켰다. 베르테르는 입에서 침을 흘리며 휘청거렸지만, 로렌은 가차 없이 선언했다.

"마지막이다. 버텨!"

펑!

"끄아아아아악!!"

이번에는 빛의 힘을 쬐여주지 않은 채, 로렌은 바닥의 먼지를 씹으며 나뒹구는 베르테르를 내려다보았다. 베르테르에게는 유감스럽게도, 마지막은 빛의 힘을 받지 않고 그냥 버티는 것이 더 좋았다.

그간 파괴와 회복을 거치며 공력이 흐르는 길이 되고 저장되어야 할 근육이 충분히 단련되었을 테니, 더 이상 위험하지도 않다.

고작 30분. 하지만 베르테르에게는 영겁과도 같았을 시간이 지났다.

고통이 멈추었을 테지만 베르테르는 아직도 어깨로 숨을 쉬며 일어나질 못하고 있었다. 로렌은 그런 그를 억지로 일으켰다.

"잘생겼구나, 베르테르. 난 네가 미청년으로 자라날 줄 알고 있었어."

베르테르에게 거울을 꺼내 보여주며, 로렌은 그의 어깨를 두들겨 주었다. 그는 더 이상 로어 엘프 소년이 아니었다. 엘프답지 않게 근육이 적절히 붙은, 잘생긴 청년의 모습이었다.

"이, 이럴 수가… 스승님……!"

베르테르의 눈동자가 흔들리고 있었다. 그런 그의 반응에 로렌은 심드렁하니 대꾸해 주었다.

"그래, 나도 알아. 이제까지 무슨 수를 써도 늘어나지 않았던 마법 서킷이 세 개로 불어나고 자연스럽게 마력의 운용이 쉬워졌겠지."

탈각의 경지에 오르는 바람에 급작스럽게 성인으로 성장한 덕에, 육신에 그림자처럼 겹쳐져 있는 별의 몸 또한 성장해 생긴 변화였다.

그냥 억지로 공력을 때려 넣고 탈각시키느라 이심의 경지에 오르기는커녕 공력의 운용조차 못 할 테고, 밀어 넣은 공력도 자연스럽게 흩어져 버릴 테지만 탈각 그 자체가 목적인 이상 신경 쓸 필요가 없는 단점들이었다.

"스승님……!!"

이제까지 몇 시간씩이나 방바닥을 데굴데굴 구르며 고통에 울부짖은 기억은 어디로 사라졌는지, 베르테르는 감격에 젖어 스승을 불렀다.

"알았으니까 울지 말고 알베르트랑 샤를로테 데려와."

로렌은 가학적으로 웃어 보였다.

"걔네도 바닥을 데굴데굴 굴러다니게 만들어야 되니까."

"아, 알겠습니다."

로렌의 말을 들은 베르테르는 고개를 두어 번 주억거리더니 곧바로 내달려 방 밖으로 뛰쳐나갔다. 동기들에게 조금이라도 빨리 자신과 같은 감동을 느끼게 해주고 싶다는 순수한 베르테르의 마음이 그의 등에서부터 느껴졌다.

*　　　*　　　*

로렌은 알베르트와 샤를로테도 탈각시켰다.

그 과정에서 특히 샤를로테는 못 볼 꼴을 보였고, 그 결과 꽤나 죽고 싶어 했다. 그녀의 그런 꼴을 이미 여러 번 본 로렌은 별 감흥이 없었지만 말이다.

어쨌든 로렌이 베르테르와 알베르트, 샤를로테를 영입함에 따라 자연스럽게 새로운 수석 궁정 마법사는 재뉴어리가 맡게 되었다.

재뉴어리를 비롯한 2대째 직계 제자들도 데려가도 상관은 없었지만, 사실상 브뤼델이 독립한 것이나 다름없는 상황에서 '타국'의 마법사들을 너무 과하게 빼가는 것도 정치적으로 부담스러웠고 쓸데없이 분란을 만들고 싶지는 않았기에 그렇게 하지는 않았다.

더욱이 2대째 직계 제자들은 초대 직계 제자들과 달리 아직 세상에 뜻이 있었다. 다른 뜻이 있는 이를 억지로 끌고 가는 것도 못할 짓이다.

그래봐야 멸망하면 다 헛꿈이라고 할 수도 있겠지만, 로렌은 이번에야말로 멸세의 괴물들을 죽이고 멸망을 피할 생각이니 그들의 뜻을 헛꿈이라 말할 수 없다.

베르테르가 수석 궁정 마법사직의 인수인계에 시간 낭비를 할 필요는 없었다. 베르테르는 진작 궁정 마법사를 때려치우고 다시 대학에 들어가 마법 공부에 여생을 바칠 계획을 세워놓고 있었고, 그래서 재뉴어리에게 미리 인수인계를 진행해 놓고 있었기 때문이었다.

출세가 인생의 궁극적인 목표라고 말해왔던 베르테르지만,

정작 출세하고 보니 마법에 대한 열망이 더 컸다는 걸 깨달았다는 이야기는 이미 여러 번 들었기에 새삼스럽게 물어보지는 않았다. 물론 지금의 베르테르는 아직 말한 적이 없지만, 로렌은 신경 쓰지 않았다.

베르테르, 알베르트, 샤를로테는 공격군으로 합류시킬 생각이었다. 물론 이제 막 어른이 되었고 별의 영역에도 아직 발을 들여놓지 않은 그들은 자격 미달이었다. 그 기본 자격을 갖춰놓기 위해 그들은 이제부터 집중 교육을 받아야 한다.

베르테르와 샤를로테는 마법 대신 정신 능력을 배우게 될 것이다. 교사는 로렌이 아닌 멜라니가 맡게 될 테고.

알베르트는 구유카르크에게서 라부아지에류 비검술을 배우게 될 것이다. 기사로서의 높은 성취보다는 기사도를 배우는 것 자체가 목적이니, 그에게는 큰 도움이 되리라.

이 과정을 모두 수료하면 셋 다 1년 내에 별의 영역에 발을 들이게 된다. 그 뒤에도 배우고 익힐 것이 산더미처럼 남아 있고, 단 하루도 쉴 날이 없을 터였다. 꽤나 가혹한 교육 과정이지만, 셋 모두 낙오하지 않고 성장을 마칠 것을 로렌은 이미 알고 있었다.

'이렇게 열심히 육성시켜도 결국 셋 다 싸우다 죽었지만……'

지난 스물여섯 번의 시도 동안 세 제자가 죽지 않은 결말은 없었다. 이들은 항상 로렌의 곁에서 싸웠고, 최전선을 누볐으며, 그렇기에 빨리 죽는 편에 속했다.

그렇더라도 로렌은 더 이상 세 제자를 측은하게 볼 생각이 없었다.

'이번에는 성공할 테니까.'

이번에야말로 승리할 테니, 죽지 않을 테니, 살아서 돌아올 테니 말이다.

* * *

현대 고블린들은 이미 마물과 다름없을 정도로 퇴화해 버렸지만, 고대 고블린들은 그렇지 않았다. 엘프, 정확히는 로어엘프가 마법에 특별한 재능을 보이고, 드워프가 각인기예에 각별한 재능을 보이듯, 고대 고블린들에게도 그들 나름의 특별한 능력이 있었다.

그것은 바로 투척 능력이었다.

그냥 투척 능력이라고 우습게 볼 게 아니다. 그 작은 신체 어디에서 그런 힘이 나는지, 상상 이상의 속도로 물건을 집어던질 수 있다. 조약돌을 던져 튼튼한 나무판을 관통시키는 건 그들에겐 매우 쉬운 일이리라.

게다가 컨트롤이 완벽하다. 100m 떨어진 곳에서 돌을 던져 못을 박을 수 있을 정도로 정교한 투척이 가능하다. 만약 그들이 현대 지구에 오게 된다면 야구 투수로 스카우트를 받을지도 모르는 일이다.

"아니, 우습게 볼 능력이지."

마법이나 기사도, 각인기예에 비해 투척 능력은 지나치게 심플한 능력이다. 야구는 무슨, 3년 후에 세상이 멸망하는데 돌멩이를 던져서 뭘 어쩌겠단 말인가?

하긴 고대 고블린이 현역이었던 시절엔 엘프는 땅바닥에 돌로 그림을 그려다 마석이란 희귀한 재료를 구해 배치해야 마법을 쓸 수 있었고, 드워프도 상격 같은 거 없이 일일이 재료에 각인을 세공하는 방법을 써야 했다.

그 시절이었다면 차라리 고대 고블린의 심플한 투척 능력이 더 유용했을 수도 있다.

하지만 지금은 고대 시대가 아니다. 투척 능력을 가져다 대체 어디다 써먹으란 말인가?

답은 있었다.

"목표물에 공을 정확하게 던진다는 건 곧 목표물을 정확히 본다는 거고, 날아갈 공의 궤도를 정확하게 계산할 능력이 된다는 거고, 공의 궤도를 자유자재로 조절할 수 있을 정도로 손재주가 뛰어나단 소리지."

즉, 투척 능력을 반드시 투척에만 쓰라는 법은 없다는 뜻이다.

로렌은 이가카가를 비롯한 고블린들에게 그랑 드워프가 만들어낸 유물을 나눠주었다. 그 유물의 이름은 개인화기, 소총이었다.

화약의 생산이 가능해지면서 탄약 또한 만들 수 있게 되었고, 그럼으로써 그랑 드워프의 유물로 발굴된 소총도 사용할 수 있게 되었다. 그리고 그 첫 사용자가 고블린들이 된 셈이다.

아쉽게도 화약 공장은 아직 비료 공장으로서 가동되고 있었고, 그런 탓에 탄약 생산도 아직 이뤄지지 않았다. 이 소총에 사용되었고, 앞으로 사용될 탄약은 정상적으로 생산된 게 아니라 로렌이 창조의 격을 통해 생산한 특제품이었다.

처음에는 헤매던 고블린들은 곧 사격에 익숙해졌고, 공을 던지는 것과 마찬가지로 백발백중의 사격 실력을 보여주었다.

여기에 수류탄까지 들려주면 훌륭한 소총분대가 하나 만들어진다.

그린 고블린 스쿼드의 탄생이다!

'억지지만.'

소총이야 마법 화살로 대체할 수 있었고, 수류탄이야 화염 폭발을 날리면 된다. 고블린 소총병보다는 마법사 한 명 더 데려가는 게 훨씬 낫다.

그럼에도 불구하고 로렌이 고블린들을 훈련시킨 건, 그들로 하여금 축복을 받기 위한 최저 필요 조건을 만족시키도록 만들기 위해서였다.

인류 의회의 축복은 신탁의 대가로써 지불된다. 아무리 인류 의회 의원인 오토도토가 그들의 후원자로 있다 한들, 이 대원칙은 지켜져야 했다.

그리고 어려운 신탁을 이행할수록 더 좋은 축복을 받을 수 있다는 것도.

그린 고블린 스쿼드가 받은 신탁은 악취미라 평할 만한 것이었다.

다르키아 산맥에 틀어박힌 고블린 떼를 소탕하라는 것이 바로 그것이었다.

아무리 고대 고블린과 현대 고블린 사이에 거의 같은 종족으로 느껴지지 않을 정도로 큰 간극이 존재한다 한들, 그것은 엄연한 동족상잔이었다.

그럼에도 불구하고 이런 신탁이 내려온 이유가 있었다.

멸세의 괴물의 침략을 앞둔 인류 의회는 영적 에너지의 보충을 원했다.

로렌과 라핀젤을 죽이려고 했던 인간당은 그 과정에서 지나치게 영적 에너지를 낭비했고, 그럼으로써 멸망의 괴물을 이 세계에 불러들였다.

지금 와서 영적 에너지를 다시 채워 넣는다고 괴물들의 시선을 다른 곳으로 돌릴 수는 없을 테지만, 적어도 방어를 위한 최소한의 힘을 필요로 하고 있었다.

그런데 영적 에너지의 보충은 인류의 죽음으로써 이뤄진다. 아이러니하게도 인류를 지키기 위한 인류 의회가 인류를 몰살시켜야 할 상황에 몰렸다.

그나마 인류 만민 중 희생물로 가장 적당한 종족이 바로 고블린들이었다. 일단 머릿수가 많고 번식력이 좋아 줄어든 숫자가 금방 채워질 테니까.

오토도토는 이 인류 의회의 결정에 반대하는 대신 차라리 이가카가를 비롯한 고대 고블린들이 이 '더러운 일'을 처리해 주길 바랐다.

사실 인류 의회에겐 그런 고블린 스쿼드에게 제대로 된 축복을 내려줄 여력도 없었다. 강력한 축복을 원한다면 그들 스스로가 직접 움직여야 할 필요가 있었다.

이런저런 사정이 얽혀, 이렇게 기가 찬 상황이 만들어지고야 말았다.

"별로 유감스럽지는 않군."

고블린 킹 이가카가는 정말로 별것 아니라는 듯 말했다.

하기야 그렇다. 고블린들의 가치관으로 볼 때, 동족의 생명은 그리 높은 가치를 쳐줄 수 있는 게 아니었다. 그건 고대나 지금이나 마찬가지였다. 문제는 자신들의 생명만큼이나 다른 종족의 생명도 경시한다는 거지만, 전쟁을 앞둔 시기에 그건 그리 큰 문제라 할 수는 없었다.

이가카가가 이렇게 말하는데, 로렌이라고 비장하게 말해줄 이유가 없었다.

"좋은 축복 많이 받아오라고."

그저 다트 대회에 나가는 동료를 응원하는 것같이 가벼운 말투로 그렇게 말해주면 된다.

"성격 참 좋군그래."

"자주 듣는 말이야."

쓴웃음을 짓는 이가카가를 향해 로렌은 손을 휘이휘이 저어주었다.

"이렇게 지원을 많이 해줬는데, 어느 정도는 갚아야 하지 않겠어?"

로렌이 그린 고블린 스쿼드에게 지원해 준 건 소총과 수류탄뿐만이 아니었다. 그들의 기동력을 위해 소형 전투차량을 불출해 주었으며, 혹시 모를 부상을 즉시 회복시켜 주기 위한 마법사 하나에 바로바로 통신이 가능하도록 페이 하나도 끼워주었다.

길을 가다 괜한 시비가 걸리지 않도록 발레리에 가문의 인장도 가슴에 떡하니 박아주었다. 금장으로 화려하게 새겨진 인장을 보면 이것이 발레리에의 것임을 모르는 사람이라도 이 고블린들이 귀족 가문의 후원을 받는다는 건 금방 알 수 있으리라.

고블린이 인간 귀족의 후원을 받는다는 건 일반적인 상식으로 비추어 볼 때 황당한 일이지만 이 조치로 어지간한 시비는 피해갈 수 있다. 이미 여러 차례 효과가 실증된 방법이니 안 쓸 이유가 없었다.

"…그래, 맞아."

이가카가는 각오를 굳힌 듯 결연히 고개를 끄덕였다.

"그대에게 받은 목숨 빚도 갚아야 하니까."

동족의 목숨을 가볍게 여기는 대신 자신의 목숨을 소중히 여길 줄 아는 종족이 또 고블린이다. 이런 특성은 고대 고블린이 더욱 진하다.

"잘 아니 다행이네. 그러니 최대한 많은 고블린을 죽이라고. 그래야 그만큼 더 좋은 축복을 받을 수도 있을 테고, 이 세계를 지키기 위한 자양분도 될 테니 말이야."

잔혹한 소리였지만, 고블린들에게는 직언이 잘 먹힌다는 걸 로렌은 이미 경험으로 알았다.

"그러도록 하지, 젠장!"

말은 그렇게 하면서도 이카가카는 의욕적으로 전투차량에 올라탔다. 정말 좋은 축복을 받아올 것 같은 태도였고, 실제로 그렇게 되리라.

* * *

훈련에 몰두해야 하는 건 로렌 본인도 마찬가지였다.

회귀 주문으로 과거와 미래를 오가며 100년 이상의 세월을 반복했다고 한들, 그가 얻은 것은 깨달음이나 경험으로 터득한 요령, 그리고 지식과 정보였다. 그나마 신력과 멘르바 교단에서 쌓은 공적치는 전승되어 교황에까지 올랐지만, 거기까지였다.

육신의 상태는 회귀 이전의 상태가 되며, 따라서 공력과 마력, 각인의 힘 등의 육체를 기반으로 한 힘들은 회귀 주문을 사용하기 전과 같았다.

그러니 다시 처음부터 쌓아 올릴 필요가 있었다.

이미 여러 번 반복한 작업이기에 효율은 한껏 끌어 올릴 수 있었으나 그래도 귀찮고 지겨운 작업임에는 변함이 없었다.

'이 중에서는 마력이 제일 쉽지.'

이미 한 번 마력을 추출한 배움이라도 회귀 주문을 사용해서 시간을 되돌리면 마력을 추출했다는 것 자체가 없었던 일이 된다. 그러니 '미래에' 이미 마력을 추출한 배움에서도 또다시 마력을 추출할 수 있게 된다.

이를 이용해 로렌은 회귀를 반복해 더 많은 배움을 쌓을수록 더 큰 마력을 운용할 수 있게 되었다.

'뽑아낼 수 있는 마력은 있는 대로 다 뽑아내야지.'

과거의 상식대로라면 마력을 지나치게 쌓아두면 효율이 좋지 않다는 인식이 강했다. 마력이 폭주할 위험성이 커지는 탓에 제어에 항상 신경을 기울여야 하기에 실제로 좋지 않은 것도 맞았고 말이다.

그래서 배움은 배움대로 놔두고, 당장 쓸 마력만 미리 추출해 두는 게 기본이었다.

그런데 지금은 이야기가 조금 달라졌다.

회귀 주문을 통해 회귀를 계속하며 수련과 전투를 반복하는 동안 로렌의 마력 제어 능력이 향상되면서 마력 폭주에 대한 위험성이 대폭 감소했고, 별의 몸을 직접 다루게 되면서 별의 몸의 마력 밀도를 높이는 것도 중요해졌다.

마력 밀도가 높은 별의 몸일수록 마력 집적 속도도 빨라진다. 질량이 큰 물체일수록 인력이 커지는 것과 같은 원리다. 마력을 사용하더라도 바로바로 채워진다는 의미다.

그렇다 보니 지금 시점에서는 과거의 상식과는 정반대로

많은 마력을 미리 추출해 낼수록 유리하도록 상황이 바뀌었다.

'게다가 마력을 많이 쌓으면 이런 것도 가능해진단 말이지!'

로렌은 별의 몸을 둘로 나누어 하나는 분신으로 운용하고, 하나는 자신의 몸에 겹쳐놓았다. 별의 몸을 분신처럼 운용하더라도 마법을 사용할 수 있게 되었다.

원래는 이런 식으로 운용하면 별의 몸의 마력 밀도가 낮아지는 문제가 있었으나, 그냥 마력을 기존의 두 배 쌓는 걸로 문제를 해결할 수 있다.

극단적으로는 별의 몸 분신 두 개를 운용하는 것도 생각해볼 수 있었다. 그러려면 마력이 세 배가 아니라 네 배 수준은 필요할 테지만, 모든 배움에서 마력을 모조리 끌어낸다면 가능할지도 모른다.

'그럼 당장 시작할까!'

로렌은 자리에 풀썩 앉아 가부좌를 틀고 집중했다.

휘오오오오.

그가 앉은 자리를 기점으로 마력의 폭풍이 일어나 공기마저 떨리게 만들었으나, 이미 익숙해진 로렌은 눈 하나 꿈쩍하지 않았다.

*　　　*　　　*

로렌은 자신의 양옆에 선 분신 둘을 만족스럽게 바라보았다.

"시간 정지 상태에서의 전력이 두 배로 상승했군."

그동안 배우고 익힌 게 보답받았다. 비록 아직 좀 마력 밀도가 모자라긴 하지만, 이번 회귀에서 배우는 것으로 채울 수 있으리라. 2년 내에만 해결하면 멸망의 괴물들을 상대할 때 쓸 수도 있을 터였다.

로렌은 분신들을 자신의 몸처럼 움직여 다시금 자신과 겹쳐져 있게 만들었다. 로렌에겐 아주 쉬운 일이었다. 쉬워진지는 얼마 되지 않았지만 말이다.

'기껏해야 10년 전?'

회귀를 너무 자주 했더니 시간 관념이 애매해졌다.

'3회차 정도 전인가?'

로렌은 자신의 생각을 수정했다.

어쨌든 로렌은 점점 강해지고 있었다. 적들은 강해지지 않고 있었고. 언젠가는 승리할 수 있으리라.

'후…….'

그러나 로렌은 직감적으로 이번이 마지막일지도 모른다고 느꼈다. 이유 같은 건 떠오르지도 않았다.

'그러니 최선을 다해야지.'

일부러 떠올리지 않았다. 최선을 다하기 위해서는 다음을 생각해선 안 되니까.

'마력 다음은 공력.'

로렌은 다음 수련법을 곧바로 떠올리고, 오로지 그것만으로 머릿속을 채워 넣었다. 다른 생각이 끼어들 틈 없이, 가득.

*　　　*　　　*

로렌은 태생부터가 마법사고, 그렇기에 파괴에 능하다.

가장 잘 다루는 마법은 불꽃과 폭발의 주문이며, 그다음이 뇌전이었다. 그가 열심과 뇌심을 차례대로 얻은 건 물론 우연에 우연이 겹친 덕이지만, 그가 마법사였기 때문일지도 몰랐다.

'열심과 뇌심만 있는 게 아니지.'

로렌은 입술을 핥았다. 이 방법을 실행할 때마다 자신이 제정신인지 의심하게 된다.

휘오오오오오오.

좁은 석실에 얼음 폭풍이 휘몰아치고 있었다. 폭발 주문과 같은 삼중 융합 주문인 화염 폭풍의 반대 주문인 얼음 폭풍의 결과물이었다. 반대 주문을 이 정도 출력으로 구사해 낼 수 있는 건 이 세계를 통틀어 단 한 명뿐이다.

세계 최강의 대마법사, 로렌.

그런 그가 이번에 도전하는 것은 열심도 뇌심도 아닌 제3의 속성을 띤 공력이었다.

"흐으읍!"

로렌은 옷을 벗고 열심의 공력을 최대한도로 끌어내었다. 저 얼음 폭풍 속으로 걸어 들어가려면 공력을 아껴선 안 된다.

화르르르륵.

공력의 여파만으로 불꽃이 치밀어 오르고 있었다. 보통 옷을 걸치고 있었다면 전부 타버렸을 터였다.

뚜벅뚜벅, 아직도 휘몰아치는 얼음 폭풍 안으로 로렌이 걸어 들어갔다. 불꽃을 온몸에 두르고 있음에도 그의 피부에 서리가 꼈다.

'이걸 처음에 시도한 것 자체가 신기하군.'

거듭된 실패에 정신이 나가 자기 파괴적인 충동에 휩싸였을 때로 기억한다.

기사도 수련은 한계에 부딪혀 있었고, 로렌은 더 강해질 수 없다고 느끼고 있었다. 그 한계의 벽을 넘기 위한 시도였다.

아니, 사실 그건 그냥 핑계에 불과했고, 이런 미친 수련법을 만들어낸 진정한 계기는 따로 있었다.

죽고 싶은 마음이었다.

당시의 로렌은 스스로를 속였기에 자신의 진심을 늦게 깨달았다. 그러나 지금은 알고 있다. 이건 당시의 로렌이 완전히 마음이 꺾이고 의욕이 사라져, 스스로를 없애 버리고 싶은 마음에 만든 수련법이었다.

책임감과 강박관념에 휩쓸려 스스로 죽음을 택할 수도 없던 그가 수련법이라는 핑계를 대고 만든 자살용 석실. 이런 걸 만들어내다니, 정말 미친 생각이었고 무책임한 발상이었다는 사실만큼은 인정 안 할 도리가 없었다.

여담으로, 그때의 경험을 계기로 회귀 시점을 릴리와 만난 뒤로 조정하게 되었다. 무작정 시간만 많이 돌려봤자 효과도 별로 없고 의욕을 끌어 올리기도 힘들다는 게 대외적인 이유지만, 진정한 이유는 그때 진짜로 죽을 뻔했기 때문이다.

그러나 로렌은 죽지 않았고, 정말로 새 수련법을 만들어냈다.

"그래서 이 미친 짓을 회귀할 때마다 하게 됐지. 끄압!!"

별의 몸으로 마법을 사용해 얼음 폭풍을 계속해서 휘몰아치게 만들면서, 로렌은 열심의 공력을 뿜어내었다. 피부에 쌓인 서리가 수증기가 되고, 그 수증기가 다시 얼어 피부에 달라붙었다. 이 짓을 열심의 공력이 다 닳아 없어질 때까지 해야 했다. 아무리 생각해도 미친 짓이었다.

"후후, 후우우웁!"

로렌은 열심의 공력이 지닌 기본적인 열기를 담아 뜨거운 입김을 내뿜어 공기를 데우고, 그 공기를 흡입하는 과정을 반복했다. 폐부가 얼어붙는 걸 피하기 위해서였다.

처음에는 이 방법으로 냉기를 띤 공력을 얻을 수 있을 거라 생각했다. 화산의 칼데라 호에서 열심의 공력을 얻었고 골드 드래곤의 전기성을 띤 공력을 받아들임으로써 뇌심의 공력을 다룰 수 있게 되었으니, 어찌 보면 논리적으로 부합하는 연상 같았다.

그런데 그건 틀린 생각이었다.

계속해서 열심의 공력을 끌어 올려 냉기를 중화시키며 공력을 회전시키자, 이심에는 지금까지의 것까지와는 전혀 다른 성질의 공력이 쌓이기 시작했다. 열심과도 다르고 뇌심과도 다른 그 공력은 천천히 모여, 이윽고 자기주장을 하려 든다.

로렌은 그 새로운 공력을 온전히 모아 이심에 공간을 내어주었다.

이 와중에도 마력은 얼음 폭풍을 유지시키는 데 계속 쓰이고 있었다. 로렌이 공력을 다루는 동시에 마법을 사용할 수 있을 정도로 초월적인 집중력을 발휘할 수 있기에 가능한 일이었다.

이 수련 방법을 사용하는 데는 방대한 마력과 방대한 열심의 공력, 양쪽 모두가 필요했다. 오래 버틸수록 효과가 좋으며, 오래 버티는 데는 그만큼 많은 자원이 뒤를 받쳐줘야 하니까.

그리고 로렌이 지금 시점에서 버틸 수 있는 시간은 6시간. 길다면 길고 짧다면 짧은 시간이지만, 지옥 같은 시간이라는 점만큼은 변함이 없다.

그런데 그 지옥보다도 더욱 괴롭고 고통스러운 시간이 찾아왔다. 한계가 다가온 것이다. 열심의 공력이 거의 소진되어 가며, 로렌의 육체에서 온기를 급격하게 앗아가기 시작했다.

이가 자동으로 따다다닥 떨렸다. 아직 얼어붙지는 않았다는 방증이었지만, 완전히 얼어붙어 죽기까지는 그리 많은 시간이 걸리지 않으리라.

"흐아앗!"

마지막 열심의 공력 한 방울까지 짜내자마자, 그 즉시 로렌은 얼음 폭풍을 꺼버리고 석실 바깥으로 뛰쳐나왔다. 이미 얼음 폭풍에 의해 발목 아래로 감각이 없어져 버렸지만, 크게 신경 쓸 일은 아니었다. 동상 정도야 회복 주문으로 치유시킬 수 있다.

아마 몇 분만 더 있었어도 로렌은 얼음 폭풍 안에서 잠들어 버렸을 터였다.

처음에 이 방법을 시도했을 때 그랬다. 시간 조절을 못 해서 얼음 폭풍 속에서 얼어 죽을 뻔했다. 사실 죽고 싶어서 한 짓이나 마찬가지였으니, 어떤 의미에서는 원한 대로 된 셈이었다.

그러나 로렌은 죽지 않았다. 라핀젤이 입에 엘리시온의 경이 파편을 물고 얼음 폭풍 속으로 들어와 얼어 죽어가는 그를 끌어냈기 때문이었다.

"하아……."

로렌은 한숨을 내쉬었다. 내뱉는 한숨마저 차가웠다. 아직 냉기가 몸에서 완전히 빠져나가지 않아, 찌르는 것 같은 고통과 함께 나른함이 느껴졌다.

로렌은 회복 주문을 만들어내 동상을 치유했다. 고통은 가라앉았지만 나른함은 남았다.

빛의 힘을 사용하면 나른함도 몰아낼 수 있겠지만, 로렌은 그러지 않았다. 빛의 힘을 사용하기 위해서는 열기와 뇌기, 둘 모두를 정제해 낼 필요가 있었다. 열심의 공력이 텅 빈 지금은 짜내기 좀 곤란했다.

라핀젤이 있으면 좀 나으련만.

반사적으로 그렇게 생각한 로렌은 고개를 뒤흔들었다. 그녀를 두고 위험한 도박을 시도한 건 로렌이었다.

로렌은 한 번 라핀젤을 죽음으로 몰아넣었지만, 라핀젤은 두 번이나 그의 목숨을 구했다. 그리고 로렌은 또 한 번 그녀를 죽음으로 몰아넣은 것인지도 모른다.

"……."

상념에 잠겨 있는 시간도 길지는 않았다. 전신의 나른함은 그를 바닥에 붙박아놓으려고 했지만, 로렌은 저항했고 성공했다.

어차피 열심의 공력을 다 써버렸기 때문에 다시 채워 넣을 시간이 필요했다. 그냥 놔둬도 공력은 차오를 테지만, 로렌은 굳이 뇌심의 공력을 운용해 빈 열심에 채워 넣었다. 뇌심에서 열심으로 이동한 공력은 마치 전열 기구에 들어간 전기처럼 에너지를 열기로 변환된다.

"아니, 라핀젤은 이길 거야. 이겼을 경우를 대비해서 이러고 있는 거 아냐?"

이를 꽉 물고 다시금 의욕을 짜낸 로렌은 그렇게 대충 열심을 채워 넣은 후, 다시 석실에 얼음 폭풍을 켰다.

"이제 이 짓을 다섯 번만 더 하면 되는군."

기껏 의욕을 짜냈는데 현실을 되돌아보니 헛웃음이 나오지만, 안 할 수야 없는 노릇이다.

로렌은 다시금 석실 안으로 몸을 밀어 넣었다.

*　　　*　　　*

이틀 후.

스스로의 몸을 얼려가며 자학적인 수련을 계속하던 로렌의 이심에서 드디어 이변이 일어났다. 새로운 공력이 빈 열심의 공력 자리를 차지하면서 그 자리에서 회전하기 시작했다.

"됐… 다!"

로렌은 새로운 공력을 이심에 정착시키는 것에 집중했다.

"후… 할수록 익숙해지는군."

하기 싫은 일에 익숙해지는 건 그리 유쾌한 경험이라고 할 수는 없었지만, 어쨌든 그 덕에 이전보다는 수월히 성공했다.

발상 자체는 냉기를 흡수하려고 고안해 낸 수련법이었지만, 실제로 흡수한 건 냉기 쪽이 아니라 마력의 성질 쪽이었다. 즉, 로렌의 이심에 새롭게 자리 잡은 건 냉기가 아닌 마력의 성질을 띠는 공력이었다.

로렌은 이렇게 오른 새로운 경지에 이런 이름을 붙였다.

마심(魔心)의 경지.

마력의 성질을 띠었다고는 하지만 본질적으로는 공력인 마심의 공력은 마력처럼 사용하는 것이 불가능하다. 어느 정도 유사점이 있고 서로 갈음해서 쓸 수 있는 각인의 힘과 공력의 관계와는 달리, 마력과 공력은 근본적으로 다른 힘이었다.

이 이질적인 힘의 용처는 두 가지가 있었다.

하나는 주변에 흩뿌리는 것, 다른 하나는 별의 몸에 밀어넣는 것이다.

주변에 흩뿌린 마심의 공력은 마법과 반응한다. 화염 폭발을 쓰면 하나의 서킷으로 통상적인 주문으로 사용하더라도 마심의 공력이 반응해 위력이 증가한다.

마법 외의 수단으로 마법 주문을 강화할 수 있다는 것 자체로도 유용하긴 하지만, 이미 흩뿌려진 마심의 공력은 다른 사람의 마법에도 반응한다는 문제가 있다.

그래서 로렌은 두 번째 용처라고 말할 수 있는 별의 몸으로의 삽입을 애용했다. 이심은 로렌의 육신에 존재하고 별의 몸에는 당연히 존재하지 않아서, 별의 몸을 육신에서 떼어내 분신처럼 사용할 땐 그 별의 분신으로는 공력을 사용할 수 없게 된다.

로렌은 분신으로도 공력을 사용할 수 있는 방법을 찾아 헤맸는데, 그 방법은 좀처럼 발견되지 않았었다. 평범한 공력은 물론이고, 열심이나 뇌심의 공력도 마찬가지로 별의 몸에 들러붙지 않았다. 마치 방수 가공한 가죽에 수채화 물감을 바르려는 것 같았다.

그런데 그 해답이 마심의 공력이었다. 마력의 성질을 지닌 공력이기에 별의 몸에도 잘 들러붙었고, 분신으로 떼어낸 후에도 별의 몸 쪽으로 잘 흘러들어 갔다.

이로써 아무리 단련하고 마력을 많이 쏟아부어도 그 힘과 강도가 일반인의 수준을 넘지 못했던 별의 분신의 신체 능력을 기사 수준으로 끌어 올리는 것이 가능해졌다.

일정 수준 이상의 상대에게는 별 의미가 없었던 분신 공격을 위협적인 공격 수단으로 활용할 수 있게 된 것이다.

"이래서 이 미친 짓을 매번 하게 되지."

로렌은 괴사되어 버린 발목 아래 조직에 회복 주문을 쓰며 혀를 찼다.

더 좋은 방법이 있다면 그 방법을 쓰겠지만, 마력의 성질을 띤 공력을 얻어내는 데는 얼음 폭풍만 한 방법이 없었다.

그렇다고 화염 폭풍이나 번개 폭풍 안에서 버틸 수는 없는 노릇 아닌가? 그나마 열심의 공력을 써서라도 버틸 수 있는 얼음 폭풍 안에서 버티는 게 가장 편한 방법이었다.

"어쨌든 마심의 공력도 얻었으니 다음으로 넘어가야겠군."

완전히 재생된 발목을 움직여 상태를 점검하며, 로렌은 혼잣말을 했다.

세상의 멸망을 경험할수록 혼잣말이 느는 건 어쩔 수 없었다. 멸망 후의 세계에선 오롯이 로렌 혼자만 남기 때문이었다.

그런 자신의 변화가 기껍지 않아 살짝 한숨을 내쉰 로렌은 곧 다음 수련 준비를 위해 움직이기 시작했다.

74장
도박의 결과

모건 르 페이로부터 연락이 온 것은 로렌이 한창 수련에 몰두하고 있을 때였다.

[로렌 님, 고치에 변화가 생겼습니다.]

고치. 엘리시온의 고치. 라핀젤이 빨려 들어간 엘리시온의 경이였던 것.

언어보다도 정확한 텔레파시는 모건 르 페이가 말하고자 한 의도를 적확하게 캐치해 내도록 도와주었다. 그러므로 로렌은 하던 훈련을 즉시 중지하고 곧장 파티마를 목적지로 지정한 텔레포테이션을 사용했다.

"꺅! 뭐야, 로렌!"

로렌이 나타날 걸 미리 알고 있던 모건 르 페이는 아무렇지도 않게 로렌에게 인사했지만, 모건 르 페이와 함께 있던 오하라는 놀라 눈을 가리는 척했다.

로렌은 지금 알몸 상태였다. 다른 이유가 있는 건 아니고, 그저 수련을 하는 데는 그게 더 나아서 옷을 벗은 것뿐이었다.

오하라가 눈을 가리는 척만 하고 힐끔힐끔 로렌의 몸 구석구석을 관찰하고 있었지만, 로렌은 상관도 하지 않았다.

"인간 여자애처럼 굴지 마, 오하라. 그래서 뭐가 어떻게 됐다고?"

수치심 따위는 느껴지지도 않았다. 마음이 더 급했다.

다른 무엇보다도 중요한 게 엘리시온의 고치였다.

"모건 르 페이에게서 설명을 다 들었을 거 아냐? …이 여자애가 그렇게 중요해?"

그런데 오하라는 로렌의 심정을 아는지 모르는지 입술을 삐죽이며 항의했다. 로렌은 어이가 없어 손을 내저으며 대꾸해 주었다.

"중요하지. 이번 일이 잘못되면 큰일 난다니까?"

"그런 의미로 말한 게 아닌데."

한동안 툴툴거리던 오하라는 금방 로렌의 요청대로 다시

한 번 브리핑을 해주었다.

"고치에 금이 가기 시작했어."

"보면 알아."

"그럼 나한테 왜 물어본 거야?"

로렌은 오하라의 질문에 대답하지 않고, 명률법을 이용해 옷을 입었다. 정확히는 옷을 입은 상태의 인간 모습을 취했다. 드래곤들이 인간 상태로 변할 때 사용하는 것과 같은 원리다.

옷을 챙겨 입은 걸 보며 명백히 실망하는 오하라의 낯빛을 일부러 무시하고, 로렌은 진관의 격을 이용해 고치를 들여다보았다.

그러자 고치 안에서 발버둥치기 시작하는 라핀젤의 움직임이 보였다. 두터운 고치의 껍질 탓에 진관의 격이 아니었다면 관찰할 수 없었던 변화였다.

"한 달 만인가?"

"응."

"생각보다 이르군."

라핀젤이 엘리시온의 고치 안에 들어간 건 이번에 두 번째. 데이터는 그리 많이 쌓여 있지 않았다. 이 변화가 로렌과 라핀젤에게 유리한 것인지 불리한 것인지도 당연히 파악할 수 없었다.

"…지켜봐야겠군."

안에서 꿈틀거리는 라핀젤의 움직임만 보면 지금이라도 당장 고치의 껍질을 가르고 그녀를 꺼내주고 싶은 마음이 들었지만, 로렌은 그 충동을 억눌렀다.

그렇다고 마냥 손 놓고 기다리고만 있을 수는 없었다. 빛의 힘을 필요에 따라 마음대로 조절할 수 없다는 단점을 제하면, 빛의 힘으로 충만한 파티마는 꽤 괜찮은 수련 장소였다. 여기서만 할 수 있는 수련이 있었다.

"괜히 널 여기다 박아둔 게 아니지."

"어? 뭐?"

오하라는 혼잣말을 하던 로렌이 갑자기 자신을 쳐다보며 말하자, 놀라 이쪽을 돌아보았다. 지금까지 그녀는 집채만 한 바위 하나를 염동력으로 띄운 채 멍하니 앉아 있던 참이다. 그녀는 지금 정신 능력의 단련을 하고 있었다.

회복할 수단이 있다고는 하지만 본질적으로는 쓰면 닳아 없어지는 마력이나 공력과 달리, 정신력은 마지막 한 방울까지 써버리더라도 자고 일어나면 회복할 수 있는 성질의 힘이다.

물론 지나치게 소모하면 하룻밤 만에 완전히 회복할 수야 없지만, 어쨌든 푹 자고 일어나면 회복시킬 수 있다. 자연 회복을 위해 이심의 경지에 올라야 하는 공력이나 별의 영역에

닿아야 하는 마력과는 근본적으로 다르다.

다른 점은 그저 자연 회복이 가능하다, 혹은 쉽다에서 그치지 않는다. 일단 한 번 정신 능력을 사용해 정신력을 소모하고, 자연 회복을 시키면 그 과정에서 정신력은 더욱 강해진다. 그 성질은 근력과도 닮았다.

근력과 마찬가지로 오버 워크는 결코 득이 될 수 없고, 그래서 정신 능력과 정신력의 단련에는 어려운 점이 있었다. 어느 정도 수준으로 훈련해야 최고의 효율을 얻어낼 수 있는지 가늠하기 힘들기 때문이다.

그런데 지금 파티마에는 빛의 힘으로 충만해 있다.

"즉, 아무리 오버 워크를 하더라도 곧장 회복될 테니 지나칠 것을 걱정할 필요가 없다는 이야기지."

"그렇구나."

"그러므로 이제부터 특훈에 들어가겠다."

"뭐?!"

멍하니 로렌의 이야기를 듣고 있던 오하라는 이게 자기 일이란 걸 깨닫고 나서야 펄쩍 뛰었다.

"네, 네가 방금 말했잖아! 오버 워크는 안 좋다고!!"

"여기선 좀 무리해도 괜찮다고도 말했지. 시작하자."

로렌은 오하라가 염동력으로 들어 올리고 있던 바위를 자신의 염동력으로 잡아당겼다.

"줄다리기다!"

"어디에도 줄은 없는데?!"

"혼자 하는 것보다는 둘이 하는 게 더 효율적이더라고!"

"난 그렇게 생각 안 하는데!!"

다른 훈련보다 우선순위가 좀 낮긴 하지만, 정신 능력 훈련을 뒤로 미룬 건 이런 상황을 예견했기 때문이기도 했다. 고치에 균열이 좀 생겼다고 라핀젤이든 엘리시온이든 금방 나오지 않을 것임은 이미 한 번 경험한 바가 있었으므로 짤 수 있던 계획이기도 했다.

"모건 르 페이, 고치 뒤로 숨지 마! 너도 해!!"

"아니, 이건 너와 나 둘이서 하는 게 가장 효율이 좋아. 비슷한 수준끼리 해야 하니까. 모건, 너는 고치를 지켜보면서 개인 훈련에 집중하도록 해."

오하라는 혼자 숨으려는 모건 르 페이를 향해 소리를 빽 질렀지만 로렌에 의해 차단당했다. 로렌의 말을 들은 모건 르 페이는 이상하게도 좀 침울해 보였다. 방금 전까지 숨으려고 했던 주제에. 관심이라도 끌고 싶었던 것일까?

어쨌든 고치를 지켜볼 사람 하나는 필요했고, 그 역할은 모건 르 페이가 떠맡았다.

빛의 힘이 가득한 파티마에서는 먹을 필요도, 잘 필요도 없다. 물론 먹지 않거나 잠을 자지 않으면 기분이 나빠지지만 기분 문제일 뿐이다. 로렌은 침식을 거르고 오하라와 줄다리기를 할 생각이었다.

"이거 언제까지 하는 건데!"

아직 상황 파악을 못 한 오하라의 그런 외침은 그래서 좀 웃겼다.

* * *

로렌은 오하라와 일주일 내내 염동력 훈련을 했다.

그냥 바위로 줄다리기만 하면 질릴 테니, 다양한 방식을 동원했다. 동전 몇 개를 던져 그것 갖고도 줄다리기를 한다거나, 갑자기 블링크를 사용해 위치를 바꾼다거나, 텔레파시로 복잡한 심상을 던진다거나.

"제발 나 좀 그만 괴롭혀!"

이게 다 훈련인데도 오하라는 마치 괴롭힘을 당하는 여자애처럼 억울한 비명을 질러댔다. 로렌이 더 억울할 따름이다.

[아니, 그럼 염동력만 훈련할 거야? 다른 것들도 훈련해야 할 거 아냐?]

"굳이 텔레파시로 날릴 필요 없었잖아! 그것도 훈련 예시까지 심상으로!"

[정신 능력에 특히 재능이 있다는 골드 드래곤 주제에 인간

인 나보다 못해서 되겠어?]

“너 명률법으로 골드 드래곤 하트 만든 거 다 알아! 어디서 이런 괴물이 나와서!!”

오하라는 이를 빠득빠득 갈았다. 오하라의 말대로 로렌은 정신 능력의 성장을 가속화하기 위해 명률법을 사용해서 자신의 이심을 골드 드래곤 하트로 바꿔놓았다. 인간에게 이심은 실존하지 않는 장기지만 드래곤 하트는 그렇지 않아서 가능한 곡예였다.

그녀의 반응이 격렬해진 만큼 그녀의 정신 능력도 예전에 비해 훨씬 강력해졌다. 다양한 훈련을 추가한 게 좋은 반응을 이끌어낸 것 같았다.

[로렌 님, 라핀젤 님의 고치에 균열이 커지기 시작했습니다.]

하지만 여기까지였다. 모건 르 페이가 텔레파시를 통해 보고를 했기 때문이었다. 가시적인 성과를 얻어내기도 했고 이대로 계속하면 더 큰 성과를 얻을 수도 있을 것 같았지만, 아쉽게도 훈련도 여기까지 해야 할 것 같았다.

로렌은 자신의 동료들을 리콜로 불러들였다.

스칼렛, 멜라니, 슬레인. 더 부를 수 있는 인원들이 있었지만 일단 이 셋만 불렀다.

어차피 이 고치에서 엘리시온이 이겨서 나오면 로렌이 아는 사람을 전부 불러도 대처가 불가능하다. 인류 의회의 힘을 빌려야 할 터였다.

지금 부른 인원들은 엘리시온의 첫 공격을 버틸 수 있다는 조건을 만족하는 인원들뿐이었다. 첫 공격만 버틸 수 있으면 빛의 힘을 통해 회복한 후 다음 공격도 버틸 수 있으니 내린 선택이었다.

슬레인이 인류 의회에의 발언권이 있으니 그를 통해 연락을 취하며 시간을 끌어볼 생각이었다.

"모건 르 페이, 넌 저택으로 먼저 가 있어."

"하지만……."

"말 들어. [가]."

"…알겠습니다."

모건 르 페이도 라핀젤이 고치에서 나오는 모습을 보고 싶은 모양이었지만, 텔레파시까지 동원한 로렌의 단호한 지시에 따라, 모건 르 페이는 저택으로 돌아갔다.

당연한 조처였다. 모건 르 페이는 여신 엘리시온의 첫 공격을 버티지 못한다. 지난번에도 가장 먼저 죽은 게 그녀였다. 여기 둘 순 없었다.

"만약을 위한 조치지. 라핀젤이 이겨서 나오면 아무 문제도 없지만……."

이번 시도는 로렌으로서도 도박수고, 성공한 적이 없는 시도다. 그저 낙관적으로만 움직일 수는 없었다. 항상 최악의 상황을 상정하고 미리미리 대처해야 피해를 줄일 수 있다.

"이번에는 라핀젤의 모습을 한 엘리시온을 죽일 일이 없었으면 좋겠군."

로렌은 혀를 끌끌 차며 곧 열릴 고치를 노려보았다.

"끔찍한 소리 좀 하지 마."

스칼렛이 생각만 해도 싫다는 듯 고개를 가로저었다. 멜라니도 마찬가지로 슬픈 눈으로 로렌을 바라보고 있었다. 그러고 보니 이 둘은 라핀젤과 꽤 친했다.

"그렇지."

로렌은 픽 한 번 웃어 분위기를 전환시켰다. 보여주기 위한 미소였다. 그의 위장 내벽은 여전히 긴장으로 인해 강판으로 갈아내는 것 같았다. 물론 착각이다. 빛의 힘이 가득한 파티마 안에선 그 어떤 육체적 손상도 즉시 회복된다.

진관의 눈으로 본 고치 안의 라핀젤, 혹은 엘리시온은 고치 내부의 벽을 손으로 긁어내고 있었다. 여신이 하기에는 지나치게 비루한 동작이지만, 그 육신은 아직 인간의 육체와 별다를 바 없기 때문에 취하는 동작이었다.

그러나 고치에서 태어나 신력을 펼치기 시작하면 모든 것이 바뀐다.

찌지지직.

고치의 외부 균열이 눈에 띄게 커지며, 찢어지는 소리가 났다.

곧 나올 것이다. 로렌은 긴장한 채 기다렸다.

쩌억.

마침내 고치가 반으로 갈라지며, 한층 더 강렬한 빛의 힘이 파티마 내부를 가득 채웠다. 로렌은 눈을 감지 않았다. 빛의 중심을 노려보며, 로렌은 진관의 눈으로 갈라진 고치에서 나온 나신의 여체가 여신의 것인지 여인의 것인지 판별하려 애썼다.

'인간의 육체야.'

로렌은 마른침을 삼켰다.

'지난번과 같아.'

고치 안에서 튀어나온 게 엘리시온 여신이었을 때도 그 육신은 인간의 육체와 별다를 바 없었다. 당시에는 그것만 보고 라핀젤이 되살아났다고 기뻐했고, 그래서 로렌은 무방비 상태로 여신의 공격을 받아야 했다.

그때를 떠올리자면, 여신 엘리시온의 기습적인 공격을 받고 살아남은 게 신기할 정도였다. 그나마 지금은 지난번의 경험이 있기에 더욱 조심스럽게 행동할 수 있었다.

'진관의 눈으로 분간하려 해봤자 의미가 없어.'

로렌은 긴장한 채 임전 태세를 갖췄다.

고치 안에서 나온 여인은 그 자리에 똑바로 섰다. 그리고 눈을 떴다. 그 눈에서는 여신의 것이 분명한 신성함이 흘러넘쳤다.

'…틀렸나.'

로렌은 체념하거나 절망하는 대신 방어 태세를 갖췄다. 고치 안에서 여신이 튀어나오는 것만으로도 이미 이번 생애는 끝장이지만, 그렇다고 손 놓고 당해줄 생각 따위는 없었다.

'여신은 충분히 이길 만한 상대다. 거기에 투입되는 자원이 문제지.'

어쨌든 여신을 제압해서 해부라도 해봐야 했다. 그래야 조금이라도 데이터를 얻고, 그렇게 알게 된 정보를 기반으로 수정안을 내놓을 수 있을 테니까. 이번 실패를 다음 성공으로 연결시키기 위한 최소한도의 필요조건이었다.

그래서 로렌은 체념을 투쟁심으로 바꾸어 심장을 뜨겁게 달궈놓고 있었는데…….

'응?'

반응이 이상했다.

여신 엘리시온은 인류를 증오한다. 자신의 피조물인 엘프들을 포함해서, 모든 인류를 예외 없이 죽이려 든다. 그리고 여신이 정신을 차리고 눈을 뜨자마자 보이는 건 로렌을 포함한 인간, 엘프, 인간의 모습의 드래곤들일 터였다.

바로 그 다음 순간에 여신 엘리시온 로렌 일행을 공격해 오는 건 1 다음에 2가 나오는 것만큼이나 당연한 수순이었다.

그런데 아직 여신의 공격이 날아오지 않았다.

'설마…….'

로렌의 마음속에 희망이 피어올랐다.

'성공한 건가?'

헛된 희망일지 몰라도 로렌은 그 희망의 끈을 놓고 싶지 않았다. 그래서 그는 아직 동료들에게 여신을 향한 선제공격 명령을 내리지 않았다.

여신인지 라핀젤인지 모를 그 여인은 그저 멍하니 선 채 아무것도 안 하고 있을 뿐이었다.

대치 시간이 길어지고 있었다.

"로렌!"

오하라가 로렌의 이름을 불렀다. 모두들 로렌의 지시를 기다리고 있었다. 로렌이 방어 태세를 취한 것을 보고 다 같이 방어 태세를 취했지만, 여인이 아직 공격하지 않았기 때문에 상황이 이상해지고 말았다.

"…로렌……."

그때, 여인이 입을 열었다. 오하라의 외침을 복창한 것 같은 기색이었다.

그 목소리는 라핀젤의 것과 비슷했으나 조금 달랐다.

그녀의 육신은 고치 안에서 '완전해'졌으며, 그것은 마치 기사가 탈각의 경지에 오른 것 같았다. 차이가 있다면 기사의 탈각은 강인함에 치우쳐진 반면, 그녀는 여성적으로 완전해졌다는 점 정도일까.

라핀젤의 다소 빈약했던 가슴은 풍만하게 부풀어 올랐고, 엉덩이도 마찬가지였다. 팔다리도 길어져 완연한 여인의 모습을 갖추고 있었다. 그 변화는 목소리에도 적용된 모양이었다.

"…로렌?"

그녀는 고개를 약간 갸웃거리더니, 로렌을 똑바로 보았다.

"로렌! 이럴 수가……. 내가 로렌을 잊다니!"

목소리는 조금 달라졌지만, 그 어투에서는 라핀젤다움이 확 묻어났다.

"…라핀젤이야?"

더듬더듬 스칼렛이 질문을 던졌다. 그러자 아직 라핀젤인지 엘리시온인지 확신할 수 없는 그녀는 어이없는 듯 웃었다.

"내가 라핀젤이 아니면 이 세상의 누가 라핀젤이겠어? 스칼렛, 정말 그러기야?"

"음, 어… 여기 벽면이 거울이니 일단 거울부터 좀 볼래?"

스칼렛의 손가락이 가리키는 방향을 본 그녀는 지긋이 거울에 비친 자신의 모습을 확인하더니, 갑자기 양손을 들어 올려 자신의 가슴을 확 가리고 그 자리에 주저앉았다.

"로렌! 옷!!"

그 외침은 마치 비명과도 같았다. 그녀의 외침을 들으며 로렌은 헛웃음을 지었다.

'정말로 라핀젤인 건가?'

쉬이 믿기가 힘들었다. 지난번에 겪은 큰 실패 때문이리라.

"잠깐."

그때, 오하라의 차가운 목소리가 파티마 내부에 울려 퍼졌다.

"쉽게 믿기 힘들군. 네가 정말 라핀젤인 건지……."

그 순간, 공기가 차갑게 굳었다.

"무슨 소릴 하는 거예요, 언니. 라핀젤은……."

간신히 침묵을 깨고 스칼렛이 입을 열었다. 절박한 목소리였다. 눈앞의 라핀젤이 진짜 라핀젤이라고 믿고 싶어 하는 기색이 역력히 드러나는 목소리이기도 했다.

반대로 말하자면 스칼렛도 의심하고 있다.

믿고 있다면 믿고 싶어 할 리 없다.

의심하고 있기에 믿고 싶어 한다.

그리고 그것은 로렌도 마찬가지였다.

"방금 전에 이 여자가 말한 걸 기억해 내, 로렌. 이 여자는 널 잊었다고 말했었어."

스칼렛의 말을 끊고, 오하라가 냉정을 유지한 채 말했다.

그랬다. 마음에 걸리는 건 분명 있었다. 그럼에도 불구하고 일부러 무시했다. 믿고 싶기에. 로렌은 스스로를 기만했다.

로렌은 이를 꽉 물었다.

이런 데서 인간적인 면모를 보이고 있을 여유 따윈 없었다. 여기서 선택을 잘못하면 세상이 멸망한다. 여기가 중요한 분기점임은 이제 와서 새삼 다시 확인할 필요도 없다.

그때서야 로렌은 자신에게 라핀젤의 정체를 확인할 방법이 한 가지 있다는 걸 뒤늦게 떠올렸다. 왜 이 방법을 잊고 있었을까? 로렌은 자책했다. 너무 긴장한 나머지 지능이 떨어진 것일까? 그렇다면 이것도 고쳐야 할 점이리라.

다시금 냉정을 되찾은 로렌은 영안(靈眼)을 떴다.

영안. 영적인 눈. 영혼의 눈. 별의 영역과 마찬가지로 물질계와 겹쳐져 존재하는 영적인 세계, 즉 영계(靈界)에도 별의 영역에 별의 몸이 있듯 영체(靈體)가 존재한다. 그 영체의 눈을 떠 영계의 존재를 관측할 수 있도록 만드는 영능이 바로 영안이었다.

슬레인에게서 배운 영능 중에서는 기초적인 능력에 속하

지만, 가장 유용한 능력이기도 하다. 일반적으로는 그냥 영적인 존재를 관측하는 데 쓰이지만, 로렌은 다른 용도로도 쓴다.

항상 그렇지는 않지만, 보통 강력한 존재일수록 더 큰 영성(靈性)을 갖고 있다. 그리고 그 영성의 크기 또한 영안으로 관측할 수 있다.

즉, 영안을 전투력 측정기와 유사하게 사용할 수 있다는 뜻이다.

영안으로 라핀젤이었던 존재를 주시한 로렌은 깜짝 놀랐다. 그녀의 영성이 어마어마하게 거대하기 때문이기도 했지만, 그 이유만으로는 그를 이렇게까지 놀라게 만들 수는 없다.

“둘이라니……!”

로렌은 이를 갈며 외쳤다.

“뭐?”

“두 존재가 겹쳐져 있어!”

로렌의 외침에 스칼렛은 어리둥절해했지만, 라핀젤이었던 존재는 한숨을 내쉬었다.

“그래, 맞아. 로렌. 나는 완전한 라핀젤이라고는 할 수 없어.”

“그런… 그럴 수가…….”

로렌에게 한 말이었지만, 스칼렛이 그걸 옆에서 듣고 닭똥 같은 눈물을 뚝뚝 흘리기 시작했다. 그러자 라핀젤이었던 존재는 당황해서 손을 내저었다.

"아니, 울지 마, 스칼렛. 무슨 착각을 하는 거야? 그렇다고 내가 죽었거나 한 건 아니야."

"그럼……?"

스칼렛이 훌쩍거리면서도 울음을 그치자, 라핀젤이었던 존재는 안도의 빛을 띤 채 계속해서 말했다.

"엘리시온과의 주도권 다툼에선 내가… 그러니까 라핀젤인 내가 이기긴 했어. 하지만 그 승리는 실제적인 승리가 아니라 매우 관념적인 승리라……. 무슨 말인지 모르겠지? 나도 사실 잘 몰라."

라핀젤이었던 존재의 설명을 알아듣지 못하겠는지, 스칼렛의 표정이 점점 없어지고 있었다. 그런 그녀의 반응에 라핀젤이었던 존재는 설명을 하다 말았다. 옆에서 듣고 있던 로렌으로서는 답답한 노릇이었다.

"내가 준 멘르바의 신력이 보탬이 된 모양이로군."

그래서 로렌은 대화에 끼어들기로 했다. 그러자 라핀젤이었던 존재는 반색하며 다시 이야기를 시작했다.

"그래, 멘르바의 신력. 승리의 힘. 그 힘 덕에 다른 조건 없이 일단 승리를 하긴 했는데, 이기는 것만으로는 일이 끝난

게 아니었어."

이제야 좀 무슨 일이 생긴 건지 파악이 되기 시작해, 로렌은 전신의 긴장을 풀었다. 자각도 못 하고 있었지만 전신에 식은땀이 흘러 옷이 축축해져 있었다. 명률법으로 만든 옷이라 금방 갈아입을 수도 있었지만, 지금은 갈아입을 생각이 없었다.

아직 라핀젤이었던 존재, 아니, 라핀젤이기도 한 존재의 이야기는 끝나지 않았으므로.

"육체의 주도권 다툼에서는 라핀젤인 내가 이겼지만, 그 전리품으로 주어진 게 일개 엘프인 내겐 너무 부담스러웠던 탓에… 나는 그 전리품을 온전히 차지하지는 못했고, 그게 내 주변을 휘몰아치고 있는 이 신력이야."

라핀젤이 승리해 로렌이 의도한 바대로 여신으로 각성해 그 힘을 가져오긴 했지만, 그녀는 그 승리로 엘리시온의 신격을 압도하지는 못했다. 그렇기에 라핀젤은 딱 보기에도 불안정한 이중 존재가 되어버리고 만 것이다.

"그냥 신력만이라면 별 문제가 되지 않을지도 모르지만, 이 신력에는 아직 여신 엘리시온의 신격이 남아 있고, 나를 통해 강림하려고 아직도 호시탐탐 기회를 노리고 있지."

라핀젤이기도 한 존재의 말에 오하라가 놀란 듯 급히 숨을 들이켰다.

"아, 걱정할 필요는 없어. 그냥 신력만으로는 이 세계에 영향력을 끼칠 수 없거든. 뭐라도 하기 위해서는 매개가 필요해."

라핀젤이기도 한 존재는 듣고 있는 이들을 안도시키기 위해 그렇게 말한 거겠지만, 로렌은 그 이야기를 듣고 오히려 문제의 심각성을 깨달았다.

"…그리고 지금 엘리시온이 노리고 있는 매개는 바로 너겠군."

"…그렇지."

그렇게 털어놓은 라핀젤이기도 한 존재는 갑자기 한숨을 푹 내쉬었다.

"로렌에 대해 잠시 잊어버린 건 그 시도의 일환 때문이었어. 여신으로서의 기억이 내게 쏟아져 내렸고, 나는 지금 그 중에서 내 기억을 찾아 그러모으는 것도 버거웠거든."

라핀젤이기도 한 존재의 이야기를 듣던 로렌은 속으로 혀를 찼다.

'기억의 혼탁인가…….'

3년 후에 이 세계를 습격해 올 멸세의 괴물 중에 기억의 혼탁을 발생시키는 저주를 쓰는 놈들이 있었다.

꽤나 골치 아픈 저주로, 혼란 때문에 행동 불능 상태가 되면 그럭저럭 나은 편이고 광기에 사로잡혀 아군을 공격하는 경우도 왕왕 있을 정도였다.

가장 골치 아픈 건 걸렸던 저주를 해주하더라도 혼탁화한 기억을 되돌리긴 힘들다는 점이었다. 육체적인 손상이 아니기 때문에 회복 주문은 물론이고 빛의 힘으로조차 원래 상태로 되돌릴 수 없다.

저주의 피해자는 자기 자신이 누군지도 잊어버리고 자신이 왜 싸워야 하는지조차 모르게 된 탓에 결국 싸울 수 없는 상태가 되어 아예 전선에서 빠지게 되는 경우도 드물지 않다.

최상의 결과가 아군의 전력 약화라니. 정말 끔찍한 저주라 하지 않을 수가 없다.

불행 중 다행으로, 로렌은 기억의 혼탁을 어떻게 해결하고 방지할 수 있는지 방법을 알고 있었다. 이걸 알아내는 데만도 꽤 많은 희생과 실패를 거듭해야 했다.

'문제는 기억의 혼탁만 제거한다고 되는 게 아니란 점이지.'

기억의 혼탁을 발생시킨 건 여신 엘리시온의 시도 중 하나에 불과하다. 여신이 다른 어떤 시도를 해올지 모른다는 점이 가장 큰 문제점이었다.

'이렇게 될 줄이야…….'

확률이 낮은 도박이라고는 생각했지만, 이런 결과를 빚어낼 줄은 몰랐다. 그나마 최악의 상황은 맞이하지 않은 것 같았지만, 그렇다 하더라도 라핀젤 본인에게는 재앙이리라. 그녀는 앞으로 자신의 인격을 빼앗으려고 호시탐탐 노리는 여신을 곁에 둔 채 살아가야 한다.

"미안, 라핀젤. 네가 이렇게 될 줄 알았으면……."

사실 이 가능성을 예측하기는 했다. 그렇기에 27번째 반복인 이번에야 실행할 각오를 다질 수 있었던 거고. 그리고 그 각오는 아무래도 최선의 선택이라고는 할 수 없었던 것 같았기에, 로렌은 입맛이 썼다.

"내게 사과할 필요는 없어, 로렌. 내 선택이었는걸, 뭐."

라핀젤은 웃어 보였지만, 그 미소는 완연히 맑다고는 할 수 없었다. 그녀 본인도 불안하리라. 단 한 번의 패배가 인격의 소멸로 이어진다. 이 상황이 불안하지 않으면 머릿속 어딘가가 고장 난 것이나 다름없다.

'어떻게든 해야지.'

로렌에게는 라핀젤이 직면한 문제를 해결해야 할 책임이 있다. 그녀를 이런 불안정한 존재로 만들어 버린 사태의 단초를 제공한 것이 그였으므로.

더군다나 이대로는 당초 기대했던 전력을 발휘할 수 없다. 여신 엘리시온의 힘을 어떻게든 아군의 힘으로 끌어 쓰려고 이번 시도를 했던 거였는데, 이대로 두면 좋자고 한 일이 오히려 마이너스가 되고 말 터였다.

어차피 이 문제를 해결해야 세계의 멸망을 막을 가능성도 올라간다.

그러니 이번 문제는 반드시 해결을 해야 했다.

어느 정도 평정을 되찾고 나자, 무엇을 해야 하는지는 금방 떠올랐다.

"인격은 기억에 기반하고 있어. 그러니 네 기억을 지키는 것이 다른 무엇보다 우선시되어야 해."

물론 로렌은 라핀젤은 당연하고 다른 드래곤들에게조차 자신이 동요했다는 사실을 속인 채, 이미 확실히 해결할 방법을 알고 있었다는 듯 당당하게 설명했다.

허세였다.

"가장 먼저 해야 할 일은 네 기억의 혼탁을 어떻게든 제거하고 네 인격을 오롯이 너만의 것으로 만드는 것이겠군."

속내야 어떻든, 말은 계속 잘 나왔다. 이미 여러 번 해봐서 그런 것일까. 아니, 라핀젤을 상대로 이런 시술을 하는 건 로렌으로서도 이번이 처음이었다.

그러나 로렌은 자신이 자신 없는 모습을 보이면 라핀젤이 더 두려움에 빠질 것을 잘 알았다.

"존재로서의 격을 끌어 올리고, 인격을 공고히 하는 것."

로렌은 그렇게 선언했다.

"이것이 이제부터 네가 해야 할 일이고, 내가 네게 해줄 일이야."

*　　　　*　　　　*

가장 먼저 해야 할 일은 정해져 있었다. 승리의 힘을 주입해 여신 엘리시온의 시도를 좌절시키는 것이 그것이었다.

로렌은 다시금 멘르바의 힘을 끌어내어 라핀젤에게 부여했다.

지금은 일단 라핀젤이 우위를 차지하고 있는 상태인지라 강신까지 할 필요는 없었다. 지난 강신 때 멘르바의 선물도 다 써버린 탓에 애초에 강신을 할 수도 없었고.

"흐으으읍!"

로렌에게서 멘르바의 신력을 받은 라핀젤은 이를 악물었지만, 새어 나가는 신음 소리를 완전히 틀어막지는 못했다.

사실 일반인의 몸으로 신의 힘을 받는 건 몸에 무리가 가는 일이었다. 라핀젤의 몸이 엘리시온의 경이 안에서 강화되어서 망정이지, 보통이라면 이것만으로도 몇 날 며칠을 앓아야 할 터였다. 그저 신음 소리만 내고 끝나는 게 다행이었다.

"이걸로 보험은 들었다고 봐도 되겠고. 승리의 힘이 소진될 때까지는 버틸 수 있을 테니 시간도 번 셈이야."

이런 애매한 상황을 맞이한 게 처음이다 보니, 얼마나 버틸 수 있을지에 대해서는 가늠이 안 가는 게 다소 불안하긴 했다. 그러니 안전장치를 몇 겹 정도는 더 걸고 싶었다.

"다음은… 라핀젤, 질문 하나만 할게."

"으, 응."

"너의 이름은?"

"뭐? …라핀젤."

라핀젤은 로렌의 질문이 어떤 의도에서 비롯된 건지 몰라 다소 어이없어했지만, 그러면서도 뭔가 의도가 있을 거라 생각한 건지 순순히 대답했다.

"좋아."

로렌은 미소 지으며 고개를 끄덕였다. 방금 한 질문은 라핀젤의 '진짜 이름'을 얻기 위한 절차였다. 라핀젤이 대답하리라 마음을 먹었으므로, 로렌은 성공적으로 라핀젤의 진짜 이름을 알아내었다.

"라핀젤, 너는 지금 웰시 엘프야."

로렌은 선언했다. 북부 공용어로 그렇게 말한 게 전부가 아니라, 로렌은 지금 명률법으로 라핀젤의 진짜 이름과 웰시 엘프의 진짜 이름을 말했다.

명률의 힘이 흘렀다. 그러나 라핀젤은 아까부터 영문을 모르겠다는 듯 반응하고 있었다.

"응……. 나도 알아."

"아주 좋아."

명률법이란 능력이 본래 그런 것이다. 명률법에 대해 모르고, 그것을 익히지 않았다면 자신이 명률법에 당했다는 것도 모른다. 그래서 무서운 능력이다.

예를 들어, 로렌이 지금 당장 라핀젤을 개미라 부르면 라핀젤은 개미가 되어버린다. 물론 타인의 존재를 그렇게까지 격하시키려면 상당량의 공포를 부담해야겠지만, 어쨌든 가능은 하다. 그리고 그 개미를 눌러 죽이면 라핀젤은 죽는다. 가히 필살의 능력이라 할 수 있었다.

명률법의 존재에 대해 모르는 상대에게 사용하면 무적 필살의 능력이라고도 받아들여질 수 있겠지만, 사실 그렇지 않다. 상대의 진짜 이름을 모르면 아예 시작조차 못 한다.

그래서 명률법에 대해 알고 다루는 자들은 아무리 친한 사이라도 진짜 이름을 쉽게 알려주지 않는다. 스칼렛이든 멜라니든 오하라든, 그 누구도 로렌에게 자신의 진짜 이름을 알려주지 않았고, 로렌도 그녀들에게 자신의 진짜 이름을 밝히지 않는다.

아무리 명률법에 대해 모르더라도 이름을 물어볼 때 기본적인 경계심이라도 갖고 있다면 진짜 이름을 알아내긴 힘들다. 적대심이 클수록 난이도는 올라가고. 전투 시에 공격용으로 즉각 사용할 수 있는 성질의 능력은 아니다.

반대로 말하면, 라핀젤이 로렌에게 그만큼 마음을 터놓았기에 로렌은 이렇게 쉽고 간단하게 명률법을 사용할 수 있었다.

'마음속이 간질간질하군.'

그거야 뭐 어쨌든.

로렌이 사용한 명률법으로 인해, 지금 라핀젤의 존재는 웰시 엘프로 고정되었다. 여신 엘리시온이 그녀의 정체성을 무너뜨리려고 시도한다면 지금 걸어둔 명률법으로 좌절될 것이다.

"다음은… 슬레인! 도와줄래?"

"그래."

로렌은 슬레인에게 텔레파시로 이제부터 할 일에 대해 전달했고, 슬레인은 고개를 끄덕였다.

이제부터 할 일이란 건 바로 주술이었다. 로렌와 슬레인은 함께 힘을 합쳐, 라핀젤의 나신에 빼곡하게 주술 문자를 적어 내려가기 시작했다. 주술적인 절차에 따라 특별하게 만든 붓과 먹이 사용되었다.

"으, 으으……."

라핀젤은 알몸을 로렌뿐만 아니라 외간 남자인 슬레인에게까지 보이는 것이 부끄러운지 얼굴을 시뻘겋게 물들였지만, 두 사람이 워낙 진지하게 집중하고 있는지라 항의도 못 하고 입을 꾹 다문 채 신음 소리를 몇 번 낼 뿐이었다.

"아, 귀에도 해야지."

깜박해서 귀에 주술 문자를 새기지 못할 뻔했기에, 로렌은 급히 다시 붓을 들어 라핀젤의 웰시 엘프다운 긴 귀에도 문자를 생겼다. 라핀젤은 부끄러움에 간지러움까지 더해지자 더 못 버티고 귀를 몇 번 쫑긋거리고 말았지만, 로렌은 아랑곳하지 않고 문자를 다 새겨 넣었다.

"거짓말이라고 생각한 적은 없지만, 정말로 주술을 잘 배웠군."

"스승을 잘 모셔서."

로렌의 대꾸에 슬레인은 잠시 침묵했다.

"…그럼 시작해도 되겠군."

칭찬을 받은 게 부끄러운 모양이었다.

로렌과 슬레인은 바닥에도 주술 문자를 빼곡히 새긴 후, 그 문자열의 한가운데에 라핀젤을 눕혔다. 라핀젤을 사이에 두고 로렌과 슬레인이 양옆에 마주 앉아, 긴 주술문을 외우기 시작했다. 그것은 지구의 불교에서 말하는 경문과 비슷했지만 그 근본은 완전히 달랐다.

라핀젤의 몸에 새겨진 문자들이 묵색에서 붉은빛을 띠기 시작했고, 옅은 빛을 발하기 시작했다. 주술문의 효과가 그녀의 몸에 파고들기 시작한 것이다.

"…흐으읍."

라핀젤의 피부가 분홍빛으로 변하기 시작했고, 그녀의 입에서 신음 소리가 흘러나왔다. 그것은 고통이 아니라 쾌감에 가까울 터였다. 일견 음란해 보이는 그녀의 모습에도 로렌과 슬레인은 눈길조차 주지 않고 눈을 감은 채 주술문을 외우는 데만 집중했다.

한 시간이 흘렀다. 라핀젤의 온몸에서 땀이 흘러나와 그녀가 누워 있던 자리가 축축하게 젖었다. 그녀의 땀으로 인해 먹으로 새겨진 주술문이 번지고 지워지기 시작했지만, 번진 먹은 검은빛을 띠었고 주술문은 피부에 붉게 새겨진 채 남았다.

주술문을 외운 것은 로렌과 슬레인임에도 불구하고, 기진맥진한 건 라핀젤 쪽이었다. 완전히 혼미해진 상태에서 라핀젤은 축 늘어져 몸을 가누지 못했다.

두 시간째에 이르러 드디어 로렌과 슬레인의 입에서 흘러나오던 주술문이 멈췄다. 그러자 라핀젤의 몸에서 붉게 빛나던 주술 문자가 사라지고, 그 자리에는 땀으로 번진 먹만이 남아 있었다.

주술 절차를 마무리하고, 로렌은 라핀젤의 나신에 새겨진 주술 문자를 순서에 맞춰 지워주었다. 땀과 함께 번진 먹을 지우는 것에 불과했지만, 이미 라핀젤의 몸 안에 새겨진 주술문이 어긋날 위험이 있기에 로렌이 직접 해야 했다.

그 과정에서 라핀젤은 전신의 힘을 천천히 되찾기 시작했다. 그녀의 속살에 로렌의 손길이 부드럽게 스칠 때마다 마치 주술에 걸려 있을 때처럼 얼굴과 전신이 핑크색으로 변했지만, 로렌은 그저 자신의 일에 집중하고 있을 뿐이었다.

"…부럽다."

로렌이 몸을 닦아주고 있는 걸 옆에서 지켜보고 있던 오하라가 입맛을 다시며 그런 감상을 남겼다. 그 말을 들은 라핀젤의 고개가 오하라를 향해 휙 돌아갔지만, 서로 친한 사이도 아니라 그런지 다른 말을 하진 못했다.

"어때?"

그리고 라핀젤이 오하라에게 뭐라고 하기 전에 로렌이 그렇게 질문한 탓도 있긴 할 터이다.

"…조금, 많이 부끄럽긴 했지만……. 굉장해. 확실히 몸이 가벼워졌어. 아니, 몸이 아니라… 영혼? 이걸 뭐라고 해야 하지?"

수치심을 어느 정도 가라앉히고 난 라핀젤은 비로소 주술의 효과가 체감된 건지, 놀라운 듯 눈을 크게 뜨고 말했다.

"외계의 존재로부터 몸을 보호하는 주술이야. 지금 엘리시온의 신력이 너와 겹쳐져 있긴 하지만, 다른 계에 걸쳐져 있는 것이니까 효과가 있을 거라고 생각했는데……. 정말로 효과가 있어서 다행이로군."

"그럼 효과가 없을 수도 있었단 거였어? 이렇게 부끄러운 짓을 했는데?"

라핀젤은 이게 다 자신을 위한 일이란 걸 알고 있는지 화도 못 내고 얼굴을 붉으락푸르락하기만 했다. 그 표정 변화가 재미있었지만, 로렌은 웃지 않고 진지하게 말했다.

"그럼 다음으로 넘어가지."

아직도 할 일은 많았다.

* * *

"나도 멘르바교의 교황이 되면서 신력을 다룰 줄 알게 되었어. 엘리시온교의 교도가 멘르바교의 교도와 비슷한 방식으로 신력을 다루는지는 모르지만, 알아서 나쁠 건 없겠지."

로렌이 라핀젤에게 술수를 걸어주고 힘을 보태줄 수도 있지만, 결국 가장 확실한 방법은 라핀젤 본인이 배움을 얻어 요령을 깨닫고 신력을 제어할 수 있게 되는 것이었다.

"라핀젤, 난 네가 멘르바교 신도가 되는 걸 추천하겠어."

그것은 꽤나 대담한 선택이었다. 본래 엘리시온으로 환생할 운명인 라핀젤이 다른 신을 섬긴다면, 엘리시온은 진노할 테니까.

하지만 로렌은 엘리시온의 진노를 두려워하지 않았다.

애초부터 지금 당장 라핀젤과 로렌은 엘리시온 여신의 진노를 받고 있는 중이다. 여신에게 몸을 빼앗기지 않기 위해 다른 신의 힘을 빌려 강림을 막고 다른 온갖 술수를 동원해 여신의 시도를 좌절시키고 있으니까.

지금 로렌과 라핀젤은 엘리시온과 전면전을 벌이고 있는 거나 다름없었다. 적의 분노를 두려워해서야, 제대로 전쟁을 할 수 있을 리 없었다.

상대가 싫어하는 짓을 해주는 게 전략의 기본이다. 그런 점에 있어서 로렌이 내놓은 해결책은 오히려 정석에 가깝다 평할 수 있었다.

"음, 알았어."

라핀젤은 고개를 끄덕였다.

"어떻게 하면 돼?"

"세례를 받으면 돼. 내가 멘르바교의 교황이니, 그냥 내가 세례식을 주관하면 되겠군. 오래 걸리지는 않을 거야."

로렌은 가볍게 말했다.

"나도 내 손으로 신도를 받아보는 건 네가 처음이야."

"내가 네 첫 상대라니, 영광이야."

라핀젤은 우아하게 미소 지어 보였다. 그런 라핀젤에게 로렌은 상쾌한 미소와 함께 이렇게 말했다.

"그럼 다시 옷을 벗어."

*　　　*　　　*

로렌은 그 자신이 릴리트 릴림에게 받았던 세례식의 절차를 되새겨 가며 준비를 마쳤다.

필요한 것은 세례의 목격자가 될 올빼미 셋, 맑은 밤하늘의 달빛, 그리고 바다의 파도와 강의 흐르는 물이 만나는 곳에서 뜬 물이 가득 담긴 순은 대접 하나, 마지막으로 은으로 만든 도끼가 한 자루 필요했다.

다행히 이 브뤼델에선 반나절도 걸리지 않고 모든 것을 준비할 수 있었다.

로렌은 달빛이 은대접 안을 가득 채우도록 배치하고, 먹이를 잔뜩 먹어 배불린 올빼미를 나무 위에 올린 후 야생 통제 능력을 발휘해 의식을 지켜보도록 했다.

"원래대로 하자면 제물이 될 인간 하나의 머리를 쪼개는 인신 공양이 필요하지만, 그건 생략하도록 하지."

로렌은 도끼머리로 라핀젤의 이마를 콩 찧었다. 그것만으로도 라핀젤의 이마가 찢어져 피가 흘러나오기 시작했고, 로렌은 그 피를 대접에 재빨리 받았다. 대접의 물에 피가 번져 색이 나기 시작하자, 로렌은 라핀젤의 머리를 붙잡고 대접 안에 넣었다.

“멘르바이시여, 여기에 그대의 교도가 되고자 하는 이가 있으니 부디 축복을 내려주시옵소서.”

정해진 기도문을 길게 읊은 후, 로렌은 그렇게 약식 기도를 덧붙였다. 그러자 로렌을 통해 멘르바의 신력이 뿜어져 나왔고, 그 신력이 라핀젤을 감싸자 로렌은 비로소 라핀젤의 머리를 놓아 숨을 쉬도록 했다.

[멘르바께서 새로운 신자의 탄생에 기뻐하십니다! 세례식을 주관한 그대와 그대의 가르침을 얻게 될 새 교도에게 축복이 있기를!!]

멘르바가 남겨놓은 시스템이 자동으로 세례식을 인정하며, 로렌과 라핀젤에게 선물을 남겼다. 이로써 완전히 세례가 끝났다. 야생 통제에서 풀려난 올빼미들은 제멋대로 날아가 버렸으며, 맑았던 밤하늘은 흐려지기 시작했다.

로렌도 직접 세례식을 주관해 보는 건 처음이라 확신할 수는 없었지만, 어쨌든 시스템이 인정했으니 라핀젤도 멘르바의 신도가 되었으리라.

[내 말이 들려?]

로렌은 라핀젤에게 회복 주문을 걸어주며 말했다.

“어, 어? 이거 텔레파시?”

“조금 달라. 어쨌든 들리는 모양이로군.”

텔레파시가 아닌 멘르바교의 교도간 통신 기도술이었다. 그제야 라핀젤도 멘르바교의 신도가 되었음을 완전히 확신한 로렌은 고개를 끄덕이며 라핀젤에게 선언해 주었다.

"됐어. 이걸로 이제 너도 멘르바의 신도야."

"아프고 힘들었어."

"이것도 많이 생략한 거야."

사실 이 세례식도 상당히 약식으로 진행된 편이었다. 인신 공양을 생략한 것도 그렇지만, 그 외에도 생략한 게 많다.

원래대로라면 물을 담은 대접이 아니라, 정말로 바다와 강이 만나는 곳에 전신을 푹 담가야 한다. 그 넓은 곳을 피로 물들이기 위해 엄청나게 많은 수의 제물을 죽여야 하며, 목격자도 올빼미가 아니라 일만 명의 군중을 동원하는 것이 적합하다. 그 군중들이 모두 멘르바 교도라면 더할 나위 없고.

신의 연대, 사람의 목숨이 말 그대로 먼지와도 같았던 시대에 치러진 세례식을 지금 시대에 재현하는 건 무의미하기에 약식으로 진행했다.

"아직은 차이를 잘 모르겠는데. 선물이란 걸 받은 것 같긴 하지만."

피가 섞인 물에 적셔진 몸을 닦으며 라핀젤은 눈을 찌푸렸다.

"그야 그렇지. 내가 지금 한 건 그냥 널 멘르바교의 신도로 입교시킨 것뿐이니까. 이제부터 넌 멘르바의 가르침에 따라 움직이며 신력을 쌓아야 해. 그렇게 쌓은 신력을 다루면서 요령을 깨닫게 된다면 엘리시온의 신력 또한 다룰 수 있게 될 거야."

아마도.

로렌은 그 단어를 입 밖에 내진 않았다. 이런 상황을 맞이해 보는 건 그동안 26회의 회귀를 되풀이해 왔던 로렌으로서도 처음이었기에, 암중모색이 기본이 될 수밖에 없었다.

"신력을 쌓으려면 어떻게 해야 하는데?"

"승리를 하거나 예술을 하면 돼."

"예술……."

라핀젤이 짚이는 구석이 있는지 예술이라는 단어를 곱씹었다.

"시라도 써볼까?"

"그것도 괜찮겠지."

확실히 라핀젤의 입장에서야 승리보다는 예술 쪽이 조금 더 난이도가 낮을 법했기에, 로렌은 고개를 끄덕였다.

*　　　*　　　*

라핀젤에게 걸어줄 응급처치는 이걸로 끝이다. 로렌은 라핀젤을 저택으로 옮기고 그녀가 찢고 나온 고치의 조각, 그러니까 엘리시온의 경이 파편들을 정리했다. 그 크기가 상당히 줄어들기는 했지만, 엘리시온의 경이는 여전히 엘븐을 태워 빛의 힘을 생성한다.

재미있는 현상이 일어났다. 로렌이 방금 전까지 라핀젤에게 걸어준 다양한 조치와 배려 덕에 대량의 엘븐이 로렌에게 생겨난 것이 바로 그것이었다.

엘리시온의 경이도 여신 엘리시온의 귀환을 위해 만들어진 기물이고, 엘리시온의 손길과 숨결이 닿은 물건이다. 말하자면 엘리시온의 축복인데, 엘리시온을 적대시했음에도 불구하고 엘븐이 대량으로 쌓인 건 좀 웃겼다.

엘프에게 잘 해주면 생기는 게 엘븐이고, 라핀젤은 웰시 엘프니 어떻게 보면 당연하다 볼 수 있는 현상이긴 했지만 웃긴 건 웃긴 것이었다. 엘리시온이 자신의 적에게 축복을 내린 것이나 다름없으니 말이다.

하긴 이 세계에 남은 신의 숨결과 여신의 신격은 완전히 별개다. 여신 엘리시온이 라핀젤을 매개로 이 세계에 강림하긴 했지만, 그 강림은 불완전했고 그렇기에 신력과 신격이 별개라는 원칙은 지켜지고 있었다.

어쨌든 이번 일로 엘븐이 많이 쌓이긴 했지만, 로렌은 엘리시온의 경이를 회수하고 봉인했다. 빛의 힘이 라핀젤보다 그녀의 몸에 겹쳐져 강림한 엘리시온의 신격에 더 유효하게 활용될 가능성이 높다고 판단했기 때문이다.

"라핀젤 쪽을 한숨 돌릴 수 있게 됐으니, 이제 다시 국외로 시선을 돌려봐야겠어."

정확하게 하자면 라핀젤은 아직도 불안정한 상황이지만, 어쨌든 고치에서 빠져나와 정신을 차렸다는 것만으로도 한숨 돌릴 만했다. 라핀젤도 멘르바의 신도가 되면서 교도간 통신 기도술을 활용할 수 있게 된 것만 봐도 그랬다.

로렌은 다시 모건 르 페이를 라핀젤에게 붙였다. 모건 르 페이가 미리 저택에 가 있었기에 그 절차는 따로 밟을 필요도 없었다.

이로써 만약 라핀젤에게 무슨 일이 생긴다면 로렌이 적절한 거리까지 텔레포테이션으로 이동하고 남은 거리를 모건 르 페이의 리콜을 받아 메꿈으로써 먼 거리를 순식간에 이동할 수 있게 되었다.

"대륙 북부 정도는 충분히 돌겠군."

만약 대륙 남부까지 가야할 일이 생긴다면 라핀젤을 데려가야겠지만, 지금 당장은 이 정도면 충분했다.

"오하라, 따라와. 텔레포테이션 좌표는 텔레파시로 전송해주지."

"뭐야? 또 어디 가?"

오하라의 그 질문에 로렌은 짧게 답했다.

"제국으로!"

75장
제국과 제국 I

로렌은 토르코니아 제국으로 향했다.

원래대로라면 제국의 전력을 떨어뜨리는 일은 없어야 했으나, 이번 시도에는 공격에 전념을 다하기로 했기에 기본 전략부터 바뀌었다. 소수의 공격자에게 모든 자원과 소모 비용을 집중하는 것으로 말이다.

그렇기에 동부 전선을 감당해 줄 터였던 제국에서도 전력을 빼다 쓸 생각을 하게 되었다.

그리고 그 전력이란 당연히 토르코니아 1세, 즉 마리였다.

제국에도 훌륭한 전사가 많으나, 로렌의 공격군 기준에 부합하는 건 넓은 제국에서도 오직 토르코니아 1세뿐이었다. 제국의 전사들은 본질적으로 병사들이었고 집단 전투에 익숙하지만, 차원의 벽 너머에서 기존의 전략 전술은 모든 의미를 잃는다.

토르코니아 1세도 전략 전술로 토르코니아 왕국을 제국으로 발돋움시켰지만, 그녀 본신의 능력 또한 대단해서 로렌의 기준을 한참이나 뛰어넘었다. 만약 그녀가 자신이 바스타드란 걸 숨길 생각이 없었더라면 대륙 북부 전체를 손에 넣을 수 있었을지도 모를 정도로.

그러니 마리는 로렌이 이번에 구성하는 공격군에 반드시 필요한 인재였다.

로렌과 오하라는 빛의 힘으로 정신력을 회복시켜 가면서 몇 번에 걸쳐 텔레포테이션을 사용해 제국의 심장부인 토르코니아 1세의 영묘로 직접 이동했다.

"음? 여기에 없군."

그런데 정작 도착한 영묘 안에는 토르코니아 1세의 모습이 보이지 않았다. 원래 로렌이 찾아올 시기에는 영묘 안에 있어야 했는데, 로렌이 라핀젤 뒷바라지를 하느라 한 달 간 움직임을 멈춘 사이에 변수가 생긴 모양이었다.

"뭐, 멀리 가 있진 않겠지. 오하라! 따라와."

"날 개 부르듯이 부르지 말아줬으면 좋겠는데……."

오하라는 투덜거리면서도 순순히 로렌을 따라왔다.

"오하라, 드래곤 폼!"

"명령에 따릅죠. 영차."

영묘에서 나오자마자 로렌은 오하라에게 드래곤 형태를 취할 것을 지시했고, 오하라는 지시에 따라 드래곤의 모습으로 바뀌었다.

드래곤의 모습을 취하자마자, 오하라는 주변을 두리번거렸다.

"진짜로 인류 의회의 자객이 안 오는군."

"아직도 못 믿는 거야? 내 곁에 있는 한 그럴 일은 없으니 안심하라고."

그러자 오하라는 쑥스러운 듯 발톱으로 콧잔등을 긁다가 로렌에게 감사 인사를 했다.

"…고, 고마워."

"그래."

대답한 로렌이 너무 자연스럽게 오하라의 등 위에 올라타자, 그녀는 키들거리며 웃었다.

"이제 나를 상대로 그 로렌류 용기술을 시험해 볼 생각이야?"

"음? 그러고 보니 널 상대로 로렌류 용기술을 해본 적은 없군. 좋은 생각이야."

로렌류 용기술과 빛의 힘을 통해 아직 성년이 되지 않은 드래곤을 성장시킬 수 있다는 것이 밝혀진 후, 로렌이 오하라를 탈 일은 기본적으로 없었다. 왜냐하면 그녀는 이미 성체였으므로 다시 한 번 성장시킬 이유도 없었기 때문이다.

사실 지금 상황 자체가 꽤나 이례적이었다. 평소대로라면 라핀젤을 여신으로 각성시키려 시도하는 대신 로렌은 여기저기 돌아다니느라 바빴고, 오하라를 포함한 드래곤들은 각자의 장소에서 수련하기 바빴기 때문이다.

그런데 지금은 파티마에 안치되어 있어야 할 엘리시온의 경이도 박살 났고, 라핀젤에게 악영향을 미칠까 치워놓은 터라 이례적으로 오하라를 끌고 제국까지 타고 왔다.

그래서 이렇게 오하라를 상대로 로렌류 용기술을 부려보는 뜻밖의 기회도 생긴 것이다.

"그럼 시작한다."

로렌은 오하라에게 공력을 힘차게 밀어 넣었다.

"흐아아아앙!"

그러자 오하라의 입에서 기분 좋은 신음성이 흘러나왔다. 다른 드래곤들과 마찬가지의 반응이었기에 로렌은 그리 놀라지 않았다.

"공력 맛에 취해 있지만 말고 얼른 날아올라. 저공비행! 마리를 찾아야 하니까."

오하라가 로렌의 말대로 저공비행을 시작하자, 로렌은 로렌류 용기술을 쓰면서 영안을 뜨는 곡예를 벌였다. 이제는 공력 운용을 숨 쉬는 것처럼 할 수 있기에 높은 집중력을 필요로 하는 영안도 동시에 뜰 수 있게 되었다.

마리의 존재감은 제국에서 가장 크기에, 영안을 뜨는 게 그녀를 찾아내는 가장 쉽고 빠른 방법이었다.

'그래도 리바운드가 올 땐 잠깐 영안을 감아야겠다.'

로렌이 언급한 리바운드란 건 드래곤을 상대로 로렌류 용기술을 썼을 때, 한참을 공력을 빨아들이기만 하다가 단숨에 꽈르릉하고 대량의 공력을 내뱉는 현상을 가리킨다. 성체 드래곤인 오하라의 리바운드는 꽤 클 터였고, 그러니 미리 대비를 해야 했다.

"음… 제도(帝都)에는 마리가 없나 보네."

오하라를 타고 영안을 뜬 채 일단 토르코니아 제국의 수도인 니케아 위를 한 바퀴 돌던 로렌은 어느 순간부터 위화감을 느꼈다. 제도의 사람들이 모두들 하늘을 올려다보고 있는 것 아닌가? 그들의 시선은 아니나 다를까, 오하라를 향하고 있었다.

"야이, 미친! 오하라!! 너 왜 명률법 꺼놨어?"

"어, 어어?"

로렌도 영안을 뜬 채라 발견이 늦었다. 오하라가 로렌류 용기술에 정신이 팔린 끝에 존재감을 감추는 명률법을 사용도 안 하고 하늘로 날아오른 게 원인이었다.

존재감을 감추는 명률법을 사용하지 않았으니 사람들의 시야에 오하라의 모습이 그대로 보였을 거고, 태어나서 처음으로 골드 드래곤의 거체를 목격한 사람들의 시선이 몰릴 수밖에 없었다.

이제 제도는 공포와 패닉으로 인한 혼란에 잠길 터였다. 아무리 방어전에서 공격전으로 전환하게 되면서 제국의 전투력을 유지시킬 필요가 적어졌다고는 하지만, 그렇다고 일부러 제국을 쑥대밭으로 만들 이유는 어디에도 없었다.

그런데 이런 사소한 실수 때문에 제도가 엉망이 되면 마리를 무슨 낯으로 볼 것이며, 어떻게 그녀를 설득해 아군으로 끌어들일 것인가? 로렌은 골치가 아파짐을 느꼈다.

"드래곤!"

"드래곤이다!"

"골드 드래곤!!"

"오오, 골드 드래곤이시여!!"

한데 펼쳐지는 상황이 로렌의 예상과는 정반대였다. 웅성거리던 군중들이 하나둘 무릎을 꿇더니 오하라를 향해 절을 하기 시작했다!

그러자 오하라는 의기양양해졌다.

[음하하하! 제국의 신민들이여! 그대들의 충정을 받아들이겠다!!!]

광역 정신파로 그런 헛소릴 내지를 정도로 말이다!

광역 정신파를 날릴 정도라면 오하라의 정신 능력이 상당히 성장했다는 의미긴 했다. 그녀가 파티마에서 정신 능력 수련을 열심히 했다는 것이 밝혀진 건 좋았지만…….

그 외에는 모두 안 좋았다. 명률법을 깜박한 것도 모자라 말도 없이 이런 돌발 행동을 하다니!

로렌은 오하라의 머리에 꿀밤을 먹여주었다.

"정신 차려!"

"아얏! 아파, 로렌!"

동시에 로렌은 이 상황을 이용할 생각을 했다.

'기왕 이렇게 된 거, 그냥 즐기자!'

로렌은 오하라에게 텔레파시로 뭘 해야 하는지 지시했다. 오하라는 갑작스러운 사람들의 숭배에 정신이 반쯤 홀린 상태에서도 로렌의 지시에 충실히 따랐다.

[제국의 신민이여, 그대들의 최고 책임자와 만나고 싶다. 어디에 있는가?]

오하라가 그렇게 광역 정신파를 날리자, 엎드린 사람들 사이에서 좀 신분이 높아 보이는 한 명이 일어나 외쳤다.

"골드 드래곤께서 가호하시는 제국의 초대 황제이신 토르코니아 1세께서는 지금 직접 옥체를 이끌고 전선에 나가 악적들을 토벌하시는 중이옵니다!!"

"아, 그래?"

로렌은 생각보다 쉽게 일이 풀린다고 생각하며 오하라의 등 위에서 훅 뛰어내렸다. 착지 장소는 물론 방금 외친 사람의 발 앞이었다.

"그 전선이 어느 방향이오?"

혹시나 모르니 일단은 반공대로 물어보자, 그 사람은 당황하면서도 대답은 충실히 했다.

"위대하신 토르코니아 1세께서는 남부의 페르샨 제국을 정벌하러 가셨습니다."

"아, 아… 지금이 그 시기인가. 고맙소."

로렌이 공격으로 선회하고 마리를 아군으로 끌어들인 이후에는 일어나지 않을 일이지만, 방어전을 생각했을 때만 해도 토르코니아 제국은 토르코니아 1세의 지휘 아래 페르샨 제국을 정복하러 나섰었다.

꽤 오래전 일인 데다 로렌에겐 별로 중요하지 않은 일이라 잊고 있었는데, 이제야 이 정보가 기억의 수면 위로 떠올랐다.

"가자, 오하라!"

"어, 어? 조금만 더 즐기고 싶은데… 있다 가면 안 될까?"

누가 드래곤 아니랄까 봐, 제국인들의 숭배가 기꺼운 모양이었다. 로렌은 혀를 끌끌 찼다.

"이 세계를 지킨 후라면 얼마든지 즐기도록 해주지. 인신공양 빼고!"

"그런 짓 안 해!"

오하라는 투덜거리면서도 로렌을 등에 얹고 다시 날아올랐다. 그런 오하라에게 로렌은 또 한마디 잔소리를 했다.

"이번엔 명률법 거는 거 잊지 마."

"또 잔소리야……."

그러나 그 잔소리는 해야 하는 잔소리였다. 실제로 오하라는 명률법을 걸어두는 걸 깜박했었기 때문이다.

제도의 하늘에서 골드 드래곤의 모습이 구름 속에 섞여 사라질 때까지, 제국인들은 굽힌 허리를 펴지 않았다.

* * *

드넓은 제국의 영토를 가로지르고 페르샨까지 가기까지의 거리는 사실 꽤 상당했지만, 오하라의 비행 속도라면 반나절도 채 걸리지 않았다. 그동안에도 로렌은 오하라에게 로렌류 용기술을 시전해 주었고, 그 짧은 새에 세 번이나 리바운드가 찾아왔다.

"짜릿하군!"

성체 골드 드래곤의 드래곤 하트에서 뿜어져 나오는 리바운드는 아직 미성년이었던 시절의 스칼렛이나 멜라니에 비할 바가 아니었다. 그야말로 어마어마한 뇌심의 공력이 엄청난 압력으로 로렌의 정수리부터 발끝까지 꿰뚫었다.

그럼에도 로렌이 새로운 경지에 닿는다거나, 아니면 오하라가 새 경지를 이룩한다거나 하는 일은 없었다. 사실 로렌도 큰 기대는 하지 않았고, 오하라야 공력을 전달받으면서 느껴지는 쾌감이 목적이었으니 아쉬울 건 없었다.

"도착했다."

저 멀리서 한창 치열한 전투가 벌어지는 전선이 보였다. 대륙 중부의 패권을 다투는 두 제국의 힘겨루기다. 인류 역사에 다시 보기 힘든 대병력간의 충돌이었건만, 하늘 위에서 보기에는 꼭 장난감 병사들이 움직이는 것처럼 보였다.

"흠……."

여기 오기 전에 들은 이야기가 조금 신경 쓰였다. 골드 드래곤의 가호를 받는 토르코니아 1세라? 어떤 이유로 그런 칭호가 붙었는지는 모르지만, 그 거짓말 같은 칭호를 사실로 만들어주는 것도 나쁘지 않을 듯싶었다.

이미 인류 의회로부터 드래곤을 부릴 수 있도록 허가를 받은 로렌이다. 그 허가를 3년 정도 빨리 사용하는 것도 나쁘지는 않을 듯싶었다.

"좋아, 오하라. 네 존재로 전쟁을 끝내 버리자."

"그게 무슨 의미야?"

오하라의 물음에 로렌은 자신의 계획을 텔레파시에 담아 쏘아주었다.

[이런 의미야.]

[아하!]

텔레파시로 로렌의 의도를 전달받은 오하라는 신나서 명륜법을 풀어버렸다. 성체 골드 드래곤의 거체가 만천하에 드러났다!

"으아아아악!!"

"저게 뭐야!!"

페르샨 제국 측에서는 로렌이 예상한 대로의 반응을 보여주었다. 그리고 토르코니아 제국 측에서는…….

"황제께서는 골드 드래곤의 가호를 받고 계신다!"

"적들을 무찔러라!!"

"와아아아아!!"

갑작스러운 골드 드래곤의 출현에 사기 충천하여 페르샨 제국병들을 베어 넘기기 시작했다. 오하라는 단순히 모습만 보였는데도 팽팽했던 전투가 한쪽으로 훅 기울어 버렸다.

페르샨 제국군의 지휘관들은 병사들의 혼란을 수습하려고

애썼지만 별 소용없었다.

"뭐, 이 정도라면 인류 의회도 좋아하겠지."

평소라면 죽은 자들의 사회에 측정 불가능한 사자들이 합류하는 건 별로 좋게 여기지 않을 인류 의회지만, 지금 상황이 상황인 만큼 다소간의 죽음은 큰 도움이 되리라.

"로렌, 마치 이야기에 나오는 용마왕 같아."

로렌의 혼잣말을 들은 오하라가 매우 솔직 담백한 감상을 남겼다.

"네가 말하는 용마왕이란 건 드래곤 이야기지?"

"유명한 드래곤 왕 중 하나였지."

흥미로운 이야기이기는 하나, 그 용마왕에 대한 이야기를 오래 나눌 생각은 없었다.

로렌은 지상의 전투가 거의 마무리 단계에 들어간 것을 확인하고 오하라와 함께 토르코니아 제국의 병력 쪽으로 착륙했다.

제도에서 일반인들이 보여줬던 반응과 달리, 토르코니아의 군병들은 오하라를 상대로 엎드리지도 않았을 뿐더러 빌지도 않았다. 얼굴에는 미처 숨기지 못한 긴장의 빛이 드러나고 있었지만, 최대한 의연한 태도를 보여주고 있었다.

그야 그럴 만도 했다. 지금 이 자리에는 제국의 초석을 쌓아올린 위대한 초대 황제 토르코니아 1세가 있었으니까. 황제를 앞에 두고 다른 존재에게 절을 한다? 그것만으로도 반역이라 여겨질 수도 있었다.

"엇차."

로렌은 바짝 굳은 군병들 사이로 뛰어내렸다.

"이게 누구야? 로렌이잖아!"

그러자 초대 황제가 군병들 사이를 가르며 걸어 나왔다. 처음 영묘에서 마주쳤을 때의 모습, 즉 카리스마 넘치는 중년 남성의 모습을 하고 있었다.

[오하라, 엘프 폼.]

[알았어.]

오하라는 투덜거리며 명률법을 사용해 자신을 웰시 엘프의 모습으로 변신시켰다. 이 모습의 오하라라면 토르코니아 1세도 본 적이 있을 터였다. 로렌의 생각대로, 토르코니아 1세는 오하라의 모습을 알아보고 눈을 잠깐 꿈틀거렸다.

"귀한 손님이다. 독대하겠다!"

"뜻대로 하오소서!"

토르코니아 1세의 외침에 사령관들이 일제히 대답했다.

"군령이 서 있는 좋은 군대로군."

"그래? 그렇게 보이면 다행이네."

토르코니아 1세는 방금 전까지 위엄을 보이던 것과 달리, 로렌에게는 친근한 말투를 썼다. 사실 영묘에서 딱 한 번 마주친 것에 불과해 그렇게까지 친한 사이는 아닐 텐데도 말이다. 로렌이 인류 의회와 교섭해 그의 근신을 풀어준 것이 주효하게 작용한 것 같았다.

"오하라라고 했던가? 네가 드래곤일 줄은 몰랐군. 그것도 골드 드래곤이었다니."

"사람은 겉보기로만 판단해서는 안 되는 법이지."

토르코니아 1세의 말에 오하라는 거드름을 피우며 대꾸했다. 로렌은 그녀에게 일침을 가할 필요성을 느꼈다.

"넌 사람이 아니잖아."

"여기 중에 제일 사람 아닌 거 같은 게 너거든?"

로렌과 오하라가 투닥대는 걸 보며, 토르코니아 1세는 껄껄껄 웃었다.

"나머지는 내 막사에 가서 하도록 하지. 혹시 음식 가리는 거 있나?"

"토르코니아의 음식은 대부분 맛있더군."

"그것참 다행이야!"

토르코니아 1세는 다시 한 번 웃었다.

*　　　　*　　　　*

막사로 돌아온 토르코니아 1세는 바로 소녀의 모습, 즉 로렌이 마리라고 부르는 모습으로 돌아왔다.

"어휴, 둔갑술 쓰고 다니는 게 어찌나 귀찮은지."

둔갑술을 풀자마자 상의를 벗어던지고 알몸 상태로 수건으로 땀을 닦는 게, 로렌을 남자로 의식하고 있는 것처럼은 보이지 않았다. 하기야 로렌으로서도 실제 연령이 어떻든 마리의 겉모습이 워낙 어려 보이다 보니 별로 성적인 느낌은 들지도 않았다.

오히려 반응한 건 오하라 쪽이었다. 그녀는 적당한 천을 집어 마리의 알몸을 가려주며 다그치듯 말했다.

"남자 앞에서 속살 드러내고 그러는 거 아니야!"

"어, 뭐? 지금 네 복장 생각하고 한 말이야, 그거?"

오하라의 말은 정론이었지만, 지금 그녀의 복장이 안 좋았다. 거의 투명하다시피 한 비단 옷으로 가슴과 비부만 간신히 가리고 있는 파티마에서의 복장 그대로인 오하라가 그런 말을 해봤자 설득력이 하나도 없었다.

"난 괜찮아, 드래곤이니까!"

"그런 게 어디 있어?"

마리는 오하라에게 항의하면서도 피식피식 웃었다.

"왜 웃어?"

"아니, 그냥. 할머니들 살아계실 때 했던 푸닥거리를 지금 또 하는 것 같아서."

마리의 유전자적 부친이라 할 수 있는 광기 어린 한 남자에 의해 능욕당하다, 인류 의회에 의해 처형당한 드래곤들을 그녀는 할머니들이라 불렀다.

"그러고 보니 골드 드래곤의 가호를 받는다고 했었지."

"아, 골드 드래곤의 가호를 받는 토르코니아 1세? 응, 뭐. 내가 만들어낸 이야기지."

로렌이 꺼낸 이야기에 마리는 멋쩍은 듯 대꾸했다. 그 이야기를 듣던 오하라가 새삼 놀라 말했다.

"할머니들 중에 골드 드래곤이 있었어?"

"눈치가 빠르군."

"느린 거겠지."

로렌이 끼어들어 마리의 오하라에 대한 잘못된 평가를 수정했다.

"뭐, 그런 거야 어쨌든 좋아. 그보다… 이렇게 빠른 시일 내에 다시 볼 수 있게 될 줄 몰랐어, 로렌."

맑은 마리의 눈동자에 날카로움이 번뜩였다.

"무슨 일이라도 생긴 거야?"

겉보기야 그냥 어린 여자애지만, 상대는 제국을 일궈낸 초대 황제 토르코니아 1세다. 기본적인 직관력도 없이 그 자리에 오를 수 있었을 리 없다.

'과연, 감이 좋군.'

로렌은 마리를 설득해 낼 자신이 있었다. 상황은 조금 바뀌었지만, 이제까지 매번 설득에 성공해 왔으니 자신감을 가지는 게 더 당연했다.

"응, 뭐. 전략을 좀 바꿔볼까 하고."

로렌은 별것 아닌 듯 말했다. 이 말투가 마리의 흥미를 더 돋울 것임을 이미 알고 있기 때문이었다. 아니나 다를까, 마리는 예상대로의 반응을 보여주었다.

"전략이라니?"

"3년 후에 세상을 멸망시킬 괴물들이 공격해 온다고 말했었지."

"정확히는 보여줬지."

로렌은 마리에게 텔레파시를 통한 심상으로, 3년 후에 찾아올 재앙에 대해 그 이상 상세할 수가 없을 정도로 전달했었다.

"그래서 내가 이렇게 움직이고 있는 것 아니겠어?"

그런데 대화의 흐름이 조금 달라졌다. 이전까지는 이 시점에서도 로렌이 대화를 주도해야 하는데, 마리가 자랑스러운 듯 이렇게 말하기 시작했다.

"동부 전선을 효과적으로 틀어막기 위해서는 같은 인류끼리 힘을 합치는 게 중요하다고 생각하지 않아? 하지만 우리 토르코니아 제국을 줄곧 라이벌로 여겨온 페르샨 제국이 우리 제국의 병력 증강을 순수한 의도로 받아들일 리 만무하지."

"그래서 페르샨 제국 정벌에 나선 건가?"

로렌은 선불리 대화의 방향성을 트는 대신, 일단 흐름에 타기로 했다. 당황할 일도 아니었다. 다소간의 변수를 제어해 원래대로 되돌리는 데도 이미 이골이 나 있었다.

"그래… 라고 하고 싶지만. 사실 별로 그렇진 않아."

마리는 미간을 찌푸렸다.

"나도 몰랐지만 내 제국은 내가 자릴 비운 사이 꽤나 망가져 있더군. 내가 다시 전면에 나서서 황제 자리를 되찾은 것만 봐도 알겠지만, 후계 구도 문제로 잡음이 좀 있었어."

드문 이야기는 아니었기에 다음 전개를 쉬이 예상할 수 있었지만, 로렌은 잠자코 이어질 이야기를 기다렸다.

"그놈들 중에 페르샨 제국 놈들을 끌어들인 놈이 있었고, 그놈이 다른 놈들을 다 주살한 후 우리 제국의 패권을 잡았어."

"조건이 있었겠지?"

무조건적으로 외국의 문제에 발을 들이미는 나라는 거의 없다. 신라는 당나라와 손을 잡는 대신 북방 영토를 포기해야 했으며, 동학농민운동을 자력으로 막지 못해 러시아의 힘을 빌린 조선 정부는 일본군에 개입할 빌미를 줘서 경술국치로 이어질 여지를 주었다.

"우리 제국의 남부를 페르샨 놈들에게 전부 할양하기로 했다더군."

그리고 바로 한 달 전까지 토르코니아의 황제였던 자는 그런 조건을 내걸었던 모양이다.

"왜 네가 지금 황제 지위로 돌아왔는지 좀 알 것 같군."

"맞아. 나는 그 막돼먹은 후손 놈과 그놈 편에 붙었던 귀족들을 싹 다 처분하고 영토 할양을 무효화했어. 그래서 페르샨 놈들이 군대를 끌고 쳐들어온 거고……."

마리는 이를 드러내며 웃었다. 로렌은 그녀의 입술이 다시 열리기 전에 말했다.

"싹 다 무찔렀군."

"침공군은 말이야."

그러니 니케아에서 만난 토르코니아 제국의 시민들이 황제더러 정벌에 나섰다고 표현한 것이리라.

"문제는 여기서부터야."

마리의 미간이 다시 찌푸려졌다.

"그런데 페르샨 제국 놈들이 내가 생각했던 것보다 만만치가 않더라고."

"토르코니아 제국의 초대 황제인 토르코니아 1세가 지휘하는데도?"

"그래, 맞아. 난 자신이 있었어. 하지만 상대 쪽에도 저런 걸물이 있을 줄은 몰랐지."

흥미로운 단어가 나왔다. 이제까지 들었던 이야기는 로렌도 몰랐던 이야기이기는 했지만, 대충 앞뒤 돌아가는 상황을 보고 눈치를 챌 만한 이야기였다. 그러나 마리의 입에서 이 단어를 듣는 건 처음이었다.

"걸물?"

"루크 페이슬란. 그놈은 꽤 특별해."

정말 완전히 처음 듣는 이름이었다.

회귀 초기에 방어전을 생각했을 때 동부 전선은 마리에게 온전히 맡겼었고, 공격으로 전환한 후로는 마리가 페르샨 제국을 침공하기 전에 설득하러 왔었다.

토르코니아 제국과 페르샨 제국의 자세한 전투 상황 따윌 들을 여지가 나지 않았고, 그렇기에 로렌 또한 루크 페이슬란이라는 이름을 들을 기회가 없었다.

"어떤 놈이야?"

"일개 병사야. 그것도 노예병 출신이지."

무려 제국의 초대 황제가 친정에 나섰는데 일개 병사 때문에 고전을 하다니, 그런 이야기는 이전까지 들은 적이 없었다.

'변수로군.'

지금의 로렌은 변수를 반겨야 할 입장이었다. 정해진 것이나 다름없는 멸망의 미래를 뒤틀어 승리와 성공의 미래로 바꿔야 하니 말이다.

당연히 그냥 변수로는 안 되고, 로렌에게 유리한 변수로 작용시켜야 한다. 로렌은 허리를 앞으로 굽히며 마리에게 질문을 던졌다.

"그, 루크 페이슬란이라는 놈은 강한가?"

"응, 강해. 강한 것도 강한 거지만, 특이한 능력들을 쓰더라고. 마치 축복 같은……."

로렌은 귀를 의심했다.

"축복이라고?"

지금 인류 의회에 여력은 없다. 새로운 축복받은 자를 만들어낼 자원도 없을 것이고 말이다. 그러니 신탁까지 내려서 이 제국간의 전쟁에 개입할 여지도 없었다.

"그래. 처음엔 인류 의회가 날 죽이러 새로 자객을 만들어낸 건가 생각했었어. 하지만 아니더군. 적어도 날 노리는 건 아닌 것 같았어."

"…그렇다면 전부터 있던 축복받은 자가 이 전쟁에 참가했다고 보는 게 좋겠군."

인류 의회는 암살을 즐겨한다. 로렌도 시도당한 적이 있어서 잘 안다.

한 번은 라핀젤의 암살에 성공한 탓에 로렌이 시간 파괴 주문까지 사용해서 없었던 일로 만든 적까지 있다. 그 탓에 기억에는 없지만, 아무런 전조도 없이 서킷이 깨져 나가는 감각은 매우 불쾌했기에 당시의 사건은 로렌의 뇌리에 인상 깊게 남아 있었다.

"응. 나도 인류 의회가 개입한 건 아니라고 생각하고 있어."

마리도 인류 의회의 개입을 겪어본 적이 있는 몸이다. 그녀도 그들이 어떤 식으로 쓰는지 어느 정도는 파악하고 있으리라.

"하지만 그놈 때문에 전쟁에서 지는 것도 재미없으니, 슬슬 내가 나서서 직접 그놈을 처리해야 하나 생각하고 있었어."

마리가 토르코니아 1세로서 제국을 세운 건 순전히 그녀의 지도력과 정치력, 그리고 군사적 재능에 기댄 것이지만 그녀의 힘은 그뿐만이 아니었다. 그녀 개인의 무력 또한 대단한 수준이다. 그렇지 않으면 로렌이 공격군으로서 영입을 시도하지도 않았을 것이다.

그러나 마리는 직접 나서서 싸우는 걸 매우 꺼려한다. 그녀의 능력이 비인(非人)적이기 때문이다. 만약 그녀가 싸우는 광경을 직접 목격한다면, 그녀의 신하들은 더 이상 그녀를 인간의 군주로 모시지 않을 것이다. 어쩌면 그녀를 신으로 모실지도 모른다.

그럼에도 불구하고 마리가 직접 나서길 고려할 정도라면 상대가 그만큼 말도 안 되게 강력하다는 소리였다.

"그놈이 그렇게까지 골치 아픈가? 네가 직접 나서야 될 정도로?"

"보통 내 전략은 적의 약한 부분을 무너뜨려서 전력을 분단시키고 그대로 균열을 확대시켜서 승리로 이어내는 게 기본이야. 그런데 그놈은 가장 위험한 전장에 서서 내 전략을 상쇄시키고 있어."

마리는 존재하지도 않는 수염을 긁으려다, 머쓱하게 손을 다시 내려놓았다.

"페르샤 놈들의 전술은 영웅을 다루는 전술이 아냐. 가장 위험한 곳에만 루크 페이슬란, 그놈을 배치하지. 페르샤 놈들의 상층부는 마치 그놈이 죽길 바라는 것 같더군."

로렌은 마리의 이야기에서 조선의 선조를 떠올렸다. 선조는 왜란에서 공을 세운 장수들을 견제했다. 죄가 없는 유능한 장수를 백의종군시키고, 무능한 장수를 그 자리에 대신 세우거나 하는 식으로. 어쩌면 페르샤의 황제 또한 선조와 같은 생각을 한 건지도 몰랐다.

로렌의 머릿속을 한 가지 아이디어가 스치고 지나갔다.

"마리, 아니지, 토르코니아 1세 황제 폐하. 제게 이번 전쟁을 맡겨주시지 않겠습니까?"

“간지럽게 갑자기 왜 이래? …음? 로렌, 네게? 설마, 혼자?”
“아니, 오하라도 같이.”
나일로 신성국에 파티마와 엘프들을 강탈하러 갔을 때는 혼자 갔지만, 그때와 지금은 상황이 다르다. 아무리 로렌이라도 쓸데없이 리스크를 안을 생각은 없었다.
“이번 전쟁에서 활약한다면 폐하께 한 가지 소원을 올리고 싶습니다만.”
마리는 잠깐 침묵하다 무슨 생각이 든 건지 후 하고 짧게 웃었다.
“좋다. 그리하도록.”
“황공무지하오나 반드시 폐하의 기대에 부응토록 하겠나이다.”
로렌은 장난스럽게 웃어 보였다.

*　　　*　　　*

로렌이 괜히 나선 게 아니다.
마리가 말한 루크 페이슬란이 어떤 인물인지도 직접 확인하고 싶었지만, 그 이유만은 아니었다.
마리가 이 큰 전쟁을 그냥 내팽개치고 자신과 동행해 주리라고 생각하기는 어려웠다. 로렌이 아는 그녀는 그렇게 무책임하지도 않았고, 애국심이 결여되어 있지도 않았으니까.

적어도 이 전쟁을 어느 정도 마무리를 하고 가야 할 텐데, 그때까지 몇 달이나 걸릴까? 정공법으로 전쟁을 하고 있다간 1년 이상 지날지도 몰랐다.

더불어 제국을 상대로 한 이번 전쟁에서 로렌이 나서 승리를 거둔다면 멘르바에게서 꽤 대단한 선물을 얻어낼 수 있으리라. 로렌도 아직 자기 손으로 제국을 이겨먹어 본 적은 없었기에 꽤 기대가 컸다.

당연하게도 로렌에겐 시간이 그리 많지 않았다. 그러니 편법으로라도 전쟁을 빨리 끝내 버릴 필요가 있었다. 그 편법이란 당연히 드래곤이었다. 성체 골드 드래곤인 오하라의 거체를 보고 겁을 먹은 적 지휘관이 항복을 해오는 그림이 가장 좋았다.

로렌의 기대와 달리 아직 페르샤 제국 측으로부터 항복 선언이 날아왔다는 전언은 없었다. 골드 드래곤이 환상이나 장식일 가능성을 바라고 있는 것이리라.

그러니 로렌과 오하라가 여기서 직접 전쟁에 나섬으로써 그런 일말의 희망을 철저히 부숴 버릴 필요가 있었다.

"가자, 오하라!"

로렌은 일부러 명률법을 풀어 본 모습을 드러낸 오하라를 타고 페르샤 제국의 군영을 향해 저공비행을 했다.

"히이이익! 드래곤이다!!"

"드래곤이 정녕 저들의 편이란 말인가!!"

"살려줘! 엄마!!"

적 병사들의 외침과 탄식, 비명 소리가 로렌의 귀를 때렸다.

"이래도 괜찮을까? 인류 의회가 가만히 있을까?"

"괜찮지. 그래도 일단 넌 나서지 마."

드래곤은 제대로 나서지도 않은 채 드래곤 라이더인 로렌이 혼자서 전장을 압도적으로 휩쓸어 버리는 그림이 가장 좋았다. 적의 입장에서는 드래곤까지 나서면 어떻게 될지 상상하는 재미도 있을 테고 말이다.

로렌은 오하라의 등 위에서 뛰어내리며 삼중 융합 주문인 폭발을 장전했다. 마력 서킷은 사용하지도 않고, 별의 몸만으로 장전한 주문이었다.

"마법사답게 시작하지!"

로렌은 마력 서킷에도 폭발 주문을 장전했다. 그리고 동시에 주문을 해방시켰다.

쿠콰쾅! 쿠구구구궁! 쿠고고고고고콰콰쾅!!

연이어 발사된 두 개의 폭발 주문이 시너지 효과를 일으키며 끔찍한 폭발이 지면을 두들겼다. 그러나 그걸로 끝이 아니었다. 대마법사의 마력 서킷이 과열에 이르려면 아직 멀었다.

로렌은 네 개의 서킷에 아낌없이 마력을 퍼부었다.

"사중 융합 주문, 성광 폭발(Starlight Explosion)."

이미 두 번 뿜어져 나간 폭발 주문의 여파를 이용한, 지금 로렌이 사용할 수 있는 가장 강력한 파괴력을 자랑하는 주문 중 하나인 사중 융합 주문, 성광 폭발이 작렬했다.

로렌의 손에서 빛 한 줄기가 뻗어나갔고, 그 빛이 닿은 부분부터 작은 폭발이 일어나더니 그 폭발이 폭발적인 속도로 확대되었다!

꽈르르르르릉!!

그 마력의 양은 사람 하나를 몇 년 전의 과거로 되돌려 보낼 정도!

같은 사중 융합 주문이라도 회귀 주문처럼 서킷마저 희생할 필요는 없지만, 그렇다 하더라도 네 개의 마력 서킷에 화력을 집중시킨 사중 융합 주문의 파괴력은 실로 천지개벽에 필적할 정도였다.

휘오오오오!

빛과 뇌전과 열기가 춤추며 지상의 모든 생물을 죽음으로 몰아넣을 것만 같았다.

[야, 무슨… 너 인간 아니지?]

마법의 위력을 목격하고 얼이 빠진 오하라의 텔레파시가 들렸지만, 로렌은 무시했다. 방금 전의 마법으로 일만에 달하는 제국 병사들이 죽음으로 내몰렸지만, 그럼에도 아직 전쟁은 끝나지 않았다. 과연 제국군이라 해야 하나, 로렌이 섬멸시킨 것은 적의 선봉에 불과했다.

더군다나 로렌은 마리가 말한 걸물, 루크 페이슬란을 아직 목격하지 못했다.

'이 정도 일격을 먹였는데… 설마 안 나오겠어?'

마리의 말에 따르면 루크 페이슬란은 가장 위험한 곳에 위치한다고 한다. 그리고 이 전장에서 가장 위험한 곳은 바로 드래곤을 상대해야 하는 곳이다.

로렌은 전신에 공력을 회전시키며 각인의 힘을 끌어 올려 진관의 격을 열었다.

그러자 아니나 다를까.

아직 채 걷히지도 않은 폭연 속을 헤치고 로렌을 향해 육박해 오는 사람 그림자가 보였다. 아니, 정확히는 보이지 않았다. 제아무리 승화의 경지에 올라 강화된 시야라 한들, 육안으로 저 짙은 폭연 속을 보기란 무리였다.

'진관의 격을 처음 배웠을 때는 이렇게 유용하게 쓸 거라고 생각 못 했지.'

진관의 격은 정신 능력인 클레어보이언스와도 닮았지만 분명한 차이점이 존재했다. 클레어보이언스는 보려는 지점에 정신력을 집중해야 하지만 진관의 격은 순수한 각인의 힘을 소모해 발동시키기만 하면 되니 따로 집중력을 할당할 일이 많은 전투 시에 훨씬 유용했다.

'저게 루크 페이슬란이겠지?'

아직 성광 폭발의 여파가 휘몰아치고 있는 전장으로 달려오고 있는 걸 보니, 꽤 강력한 방어 능력을 가지고 있는 모양이었다.

'아니더라도 상관없지. 마음에 드는군.'

단단함은 꽤 괜찮은 미덕이다.

'그럼 일단 가볍게 한 수 나눠볼까?'

[블링크]

로렌은 각인검을 빼어 들며 점멸과 같은 효과의 정신 능력을 사용했다. 적과의 거리는 30m가량 떨어져 있었지만, 블링크는 그 거리를 단숨에 좁혀주었다.

"……!"

루크 페이슬란으로 추정되는 적은 로렌의 그 정신 능력 활용에 반응했다.

"드라코오오오오!!"

적은 의미 불명의 노호성과 함께, 로렌을 향해 날카롭게 창을 찔러왔다. 창에 담긴 힘은 보통이 아니었다.

'공력? 축복? 어느 쪽이든 정직하게 맞받아주는 건 미련한 짓이겠군.'

그러나 로렌은 그 미련한 짓을 했다. 그의 전신 근육에 공력이 돌아갔고, 승화의 경지에 오른 그의 육신은 공력을 받아 순간적으로 팽창했다.

"흡!"

상대의 창을 살짝 피해 왼쪽 겨드랑이로 잡아내고, 로렌은 그를 향해 각인검을 휘둘렀다. 적의 판단은 빨랐다. 로렌의 힘이 자신보다 강하다는 것을 직감한 적은 창을 바로 놓고 뒤로 뛰었다.

예상외의 대응이었으나, 로렌은 자세를 무너뜨리지 않은 채 각인검을 회수했다. 그대로 휘둘러 버렸다면 빈틈을 노출하게 됐으리라.

'나보다 힘은 약하지만, 그거야 예상한 바지.'

상대가 승화의 경지에 오른 로렌보다도 힘이 세다면 그거야말로 놀랄 일이다. 중요한 건 로렌에게 창을 잡혔음에도 휘둘리지 않았다는 점이었다.

'센스가 괜찮아.'

그렇게 평을 내린 로렌은 다시 한 번 블링크를 사용해 적의 뒤로 돌아갔다. 그리고 전격 폭발의 간이 주문 버전인 스터너를 사용해 적을 기절시키려고 했다.

성광 폭발을 맞아놓고도 안 죽은 상대를 스터너로 기절시키려는 건 너무 안이한 판단일 수도 있었지만, 그렇다고 더 큰 주문을 썼다가 죽으면 아까우니까 한 선택이었다.

'한 번으로 기절 안 하면 여러 번 먹여주면 되니까!'

어차피 스터너 정도로 마력 서킷을 쓸 필요도 없었다. 순식간에 10연발 정도 먹이는 건 일도 아니었다.

그런데 그 순간, 적의 모습이 사라졌다.

'[점멸]?!'

준비 동작 따위도 없이 바로 사라지는 능력의 종류는 정해져 있고, 로렌이 아는 한 [점멸]과 [블링크]밖에 없었다.

블링크는 로렌이 새로 개발해 낸 정신 능력이니, 블링크보다는 인류 의회로부터 받을 수 있는 축복인 점멸일 가능성이 높았지만 섣불리 속단할 수는 없었다. 로렌이 모르는 또 다른 능력일지도 모르니 말이다.

로렌은 스터너를 접어두고 고개를 들어 올렸다.

'위!'

적의 목표는 처음부터 로렌이 아니었다. 로렌을 상대하는 척한 건 어디까지나 기만술. 그의 진짜 목표는 오하라였다.

로렌은 급히 공력을 운용해 스스로도 뛰어올랐다.

[오하라, 피해! 놈은 드래곤 슬레이어다!]

오하라로 하여금 빠르게 반응하게 만들기 위해 한 거짓말이었지만, 효과는 적절했다.

[히이익!]

드래곤 슬레이어라는 말을 듣자마자 오하라는 텔레포테이션을 사용해 저 멀리 내빼 버렸다. 텔레파시로 이게 거짓말이라는 뉘앙스도 같이 전달되었겠지만, 오하라는 깊이 생각하지 않은 모양이었다.

내빼는 것 하나만큼은 평가할 만한 오하라답게, 1㎞ 떨어진 곳으로 피신해 버렸다. 저렇게 짧은 집중만으로 장거리 텔레포테이션을 성공시키다니, 정신 능력 수련을 꽤나 열심히 한 모양이었다.

한숨 돌린 로렌은 도약 주문을 사용해 더욱 적에게 접근했다. 목표로 삼았던 드래곤의 모습이 사라지자, 적의 시선이 로렌을 향했다. 증오 어린 눈빛이었다.

"네놈! 드래곤의 편인가!!"

루크 페이슬란으로 짐작되는 적은 울부짖으며 공중에서 방향 전환을 하고 곧바로 로렌을 향해 쏜살처럼 날아왔다.

"비행 능력인가? 좋군!"

로렌은 탄성을 올리며 적에게서 빼앗은 창을 잡고 그대로 휘둘렀다. 그러자 적은 창에 의해 타격당하기 직전에 [점멸]로 추정되는 능력을 사용해 피하고 로렌에게 접근했다.

"으르렁!!"

기묘한 외침과 함께 적이 입을 쩌억 벌려 로렌을 물어뜯으려 들었다.

'호랑이?!'

조금 전까지 인간의 것이었던 적의 안면이 어느새 호랑이의 그것으로 바뀌어 있었다. 벌린 입에 촘촘히 돋아난 날카로운 이빨이 꽤나 위협적이었다.

원래대로라면 양손 모두 이미 창을 휘두르는 데 써버렸으니, 적의 공격에 무방비로 노출되어야 하는 게 정상적이었다.

그러나 로렌은 별로 정상적이진 않았다.

"금강의 격!"

마법에, 기사도에, 각인기예까지! 그것도 각인기예 상격인 금강의 격!! 굵직한 금강의 주먹이 적의 호랑이 형태 턱을 쳐올렸다. 깔끔한 어퍼컷이었다.

"컥!"

기습적인 공격에 적의 이빨 사이로 신음성이 새어 나왔다. 로렌은 금강의 격으로 빼어 든 두 개의 또 다른 팔로 연속적인 공격을 가했다.

퍽! 퍽퍽!

"크윽!!"

적은 더 이상 버티지 못하고 후방을 향해 [점멸]로 추정되는 능력을 사용했다. 로렌은 거기 맞춰 [블링크]를 사용해 다시 거리를 좁히곤 계속해서 연타를 퍼부었다. 창은 이미 버렸고, 금강의 격 팔 두 개와 로렌의 본래 팔 두 개를 동원한 무

자비한 연타 공격이었다.

"천수의 격!"

그것으로도 모자라 각인기에 상격 천수의 격까지 발동해 네 쌍의 팔을 추가로 꺼내 들었을 때였다.

"[쿠르라락!!]"

적의 호랑이 입에서 포효가 터져 나왔다. 그냥 단순한 포효라면 아무런 의미도 없었을 터였으나, 그 포효에는 특별한 힘이 깃들어 있는지 로렌의 몸을 5m 정도나 뒤로 밀려나게 만들었다.

겨우 5m라고 할 수도 있겠지만, 상대는 승화의 경지에 오른 기사인 로렌이다. 일반적인 기사를 상대로 사용한다면 이 포효만으로 적을 죽여 버릴 수도 있을 터였다.

실제로 상대는 포효를 쓰고도 5m 밖에 밀려나지 않은 로렌을 보곤 절망적인 표정을 짓더니, 냅다 뒤로 도망가기 시작했다. 실로 적절한 상황 판단 능력이라 평할 수 있었다.

"면접은 여기까지로군."

상대가 도주를 선택한 된 이상, 능력을 시험하는 것은 좀 미루고 이만 제압하기로 했다. 당연하게도 로렌은 전력을 다한 상태가 아니었으며, 제압을 하려면 언제든 할 수 있었다.

[시간 정지]

실제로 시간을 멈춘 것은 아니나, 쪼개지고 쪼개진 시간의 단편(斷片) 속에서 움직일 수 있는 건 오로지 로렌의 별의 몸뿐이다.

이 능력을 사용하면 별의 몸으로 쓰러뜨릴 수 있는 상대는 모두 반격의 여지조차 주지 않고 단 한 순간 만에 제압해 버릴 수 있다. 게다가 지금의 로렌은 마심의 공력까지 손에 넣었으니, 발사 직전의 마법 화살이라는 편법을 쓰지 않아도 된다.

퍼억!

마심의 공력을 담아 휘두른 별의 주먹이 아무런 저항도 하지 못하는 적의 명치를 꿰뚫었다. 치명상이었다. 성광 폭발의 여파까지 견디는 적인지라 그걸 감안해서 조금 세게 때렸는데, 이게 과했던 모양이었다.

'적의 공격을 인지한 후에나 발동시킬 수 있는 방어 능력인 모양이로군.'

시간 정지 상태에서는 로렌의 공격을 인지할 수 있을 리 없으니, 의식적으로 발동시켜야 하는 방어 능력은 이 상황에선 무용지물일 수밖에 없었다.

이것도 로렌의 추측일 뿐이긴 했다. 확실한 건 그도 모른다. 모르는 건 문제가 되지 않았다. 제압한 뒤에 물어보면 된다.

물론 이대로 두면 치명상을 입은 적은 몇 분도 못 버티고 죽을 것이나, 이 피해는 회복 주문으로 회복시킬 수 있는 피해였다. [필살] 능력을 쓴 것도 아니니, 상대가 죽을 걱정을 할 필요는 없었다.

로렌은 [시간 정지]를 풀었다. 정확히는 시간의 단편을 인지한 초감각을 푼 것이지만 아무렴 어떠랴. 결과는 같은데.

"크헉!"

치명상을 입은 것을 뒤늦게 인지한 적이 피를 토했다. 로렌은 자연스럽게 염동력을 활용해 적의 움직임을 묶었다.

"네가 졌다."

로렌은 승리 선언을 했다.

"네놈……!"

적은 이를 갈았다. 로렌은 적이 그러든 말든 신경도 쓰지 않고 자기 할 말이나 계속했다.

"이대로 그냥 두면 죽겠지."

"죽여라!"

로렌의 위협에 적은 발작하듯 외쳤다. 그런 적의 반응에 로렌은 비릿하게 웃어주었다.

"싫은걸."

목숨을 담보로 차근차근 회유하려던 계획을 버리고, 로렌은 그냥 상대에게 회복 주문을 써서 치명상을 보통 상처로 줄여놓았다. 이제는 이대로 방치해도 죽지는 않으리라.

상대는 로렌이 자신의 예상과 전혀 다른 행동을 취하자 조금 놀란 듯 반응했다.

"이름은?"

"……."

"생명의 은인이 이름을 묻는데 대답도 안 하다니, 은혜도 모르는 금수 새끼신가?"

격동시키려고 한 말이었지만, 생각해 보니 호랑이로도 변신하는 상대였다. 진짜 금수일지도 모르니, 욕설이 안 될 수도 있었다. 실제로 상대는 별로 화를 내지도 않고 투덜거렸다.

"애초에 치명상을 입힌 게 누군데……."

"응? 누군데? 네 명치 누가 때린 건지 봤어?"

봤을 리가 없었다. 시간 정지 상태에서 때렸으니까. 정황상 로렌이 때렸다는 게 너무 확실해서 그렇지, 증거 따위는 아무리 찾아도 나올 리가 없었다.

상대가 우물쭈물하자, 로렌은 흡족하게 웃었다.

"물론 내가 때렸지만."

"……."

상대의 표정이 벌레라도 씹은 듯 일그러졌다. 그 표정을 즐기며 로렌은 이어 말했다.

"놀리는 거냐고? 응, 맞아. 하지만 목적이 그것 하나만큼은 아니야."

로렌은 지금 이렇게 말하고 있는 거였다.

지금은 반쯤 치유된 그 치명상을 언제든 다시 내줄 수 있다. 그리고 네겐 내 공격을 막아낼 방법이 없다.

"이름."

그러니 잘해줄 때 잘해라.

"…루크."

로렌의 언중유골은 잘 전달된 것 같았다. 상대, 루크는 드디어 무거운 입을 열고 자신의 이름을 말했다. 역시, 이 녀석이 마리가 말했던 루크 페이슬란이 맞는 모양이었다.

"나이."

"17세."

생각보다 젊었다.

"노안이로군."

상대, 루크의 미간이 팍 찌푸려졌다. 나름 콤플렉스였던 모양이다. 겉보기에 그는 20대 중반의 청년처럼 보였다.

"…능력의 대가로 지불해서 그래."

루크는 변명처럼 말했다. 그런 루크의 말에 로렌은 픽 웃곤 이렇게 말했다.

"그런 걸 아직 동료도 아닌 내게 말해줘도 되는 건가?"

"동료? …아직이라니?"

루크는 못 들을 말을 들었다는 듯 눈을 끔벅였다.

"네가 쓸 만한 인재라면 포섭할까 생각해서."

로렌의 말에 루크의 얼굴이 귀신처럼 일그러졌다.

"불가! 나는 페르샨 제국의 군인! 네놈 따위와 함께할 생각은 없다!"

"아쉽군."

로렌은 각인검을 휙휙 휘둘러 루크의 사지를 잘라내었다.

"끄아아악!"

루크는 끔찍한 비명을 내질렀지만, 로렌은 눈도 꿈쩍하지 않았다.

"재생 능력은 없는 모양이로군. 좋아."

"네놈……!"

고통에 푸들푸들 떨면서도, 루크의 눈동자는 아직 살아 있었다.

'정말 마음에 드는군.'

로렌의 취향이 가학적으로 바뀐 게 아니다. 겨우 팔다리 잘리는 정도로 마음이 꺾이면 어차피 못 써먹는다. 루크는 다시 한 번 로렌의 시험을 통과했다.

'그럼 다음.'

로렌은 차가운 어투로 루크에게 고했다.

"일단 눈앞에 보이는 페르샨 제국군을 싹 다 죽이고 올 테니, 거기서 기다려."

"…뭐?"

팔다리가 잘려 나간 고통마저도 잊은 듯, 루크는 멍한 목소리로 되물었다. 그러나 로렌은 루크에게 같은 말을 두 번 해주지는 않았다.

"그다음은 페르샨 제국의 영토로 진군할 거다. 날 막는 놈들은 싹 다 죽이면서 말이야."

대신 한술 더 떴다.

"…잠깐."

루크는 로렌의 입을 멈춰보려 한 모양이지만 이미 늦었다. 로렌은 계속 말했다.

"그리고 제국의 제도로 들어가 황제의 목을 따도록 하지."

"…그런 게 가능할 리가……."

"불가능할 것 같은가?"

로렌은 비릿하게 웃었다.

로렌의 눈빛을 본 루크의 얼굴은 완전히 굳었다. 그는 이미 로렌이 성광 폭발을 사용하는 광경을 보았다. 가능하리라 생각하는 것이리라. 그리고 실제로 로렌은 그 혈겁을 벌일 만한 능력이 된다.

"일단 지금 여기 있는 페르샨 제국군부터 모두 증발시켜 보이도록 할 테니 지켜보고 있어."

"기, 기다려!"

루크의 목소리가 떨리기 시작했다.

"그렇게까지 해야 할 이유가 어디 있어?"

"근래 들은 소리 중 가장 멍청한 소리로군."

로렌은 픽 웃었다.

"전쟁이니까."

남자는 죽이고 여자는 겁탈하고 아이는 잡아다 노예로 팔아버린다. 고대 부족사회에서의 전쟁은 그러했고, 그 이후 시대에도 전쟁의 성질이란 본질적으로 변하지 않았다.

"네놈… 역시 드래곤인가……! 인류의 적!!"

루크는 피를 토하듯 외쳤다. 그런 루크의 증오 어린 목소리에 로렌은 태연히 대꾸했다.

"아니, 그 반대다. 난 오히려 인류의 수호자야."

"인류의 수호자란 자가 인류의 원수인 드래곤을 배경으로 삼고 인간의 제국을 토벌한다고? 헛소리!!"

루크는 로렌을 비난했지만, 그 태도가 지나치게 필사적이었다. 로렌은 심드렁하니 그 태도를 지적했다.

"시간을 끌려는 수작은 거기까지 하지."

"……!"

정곡을 찔린 듯, 루크의 말문이 막혔다. 로렌은 슬그머니 웃었다.

"더 효과적으로 시간을 끄는 법을 알려줄까?"

"……."

루크는 로렌의 시선을 피했지만, 그가 로렌의 입이 다시 열리길 기다리며 집중하고 있음은 쉽게 알 수 있었다.

"내 부하가 되라, 루크."

로렌은 뻔뻔하게 말했다. 이런 건 뻔뻔할수록 좋다.

"뭐?"

"뭐긴 뭐. 말 그대로의 의미다."

로렌은 루크로부터 고개를 돌렸다.

"생각할 시간을 주지. 그동안 페르샨 제국군을 좀 쓸어버리고 오겠다."

그러자 루크가 급하게 외쳤다.

"그, 그렇게 하면 페르샨 사람들을 살려줄 텐가?"

"아니."

로렌은 고개를 저었다.

"대신 필요한 만큼만 죽일 것이다. 이 전쟁을 끝낼 수 있을 정도로만. 페르샨이 전쟁 의지를 잃고 토르코니아에 항복할 정도로만 말이다."

로렌의 단호한 어투에 루크는 입을 몇 번 뻐끔거렸다. 그러나 제대로 된 언어가 나오지는 않았다.

"그런……."

말을 잃은 루크에게 로렌은 차갑게 내뱉었다.

"착각하지 마라, 루크. 네 목숨 하나가 전쟁의 승패를 뒤엎을 정도의 가치가 있다고 보는가? 네 목숨 하나는 기껏해야 페르샤 제국민 수백만 명 분의 가치밖에 없다."

"…지금 농담하는 건가?"

루크는 헛웃음을 지었지만, 로렌의 표정은 어디까지나 진지했다.

그리고 실제로도 농담이 아니었다. 만약 공격군이 성공적으로 멸세의 괴물들이 이 세상을 공격해오기 전에 선제공격으로 섬멸시킬 수만 있다면, 공격군에 합류할 영웅 한 명당 이 세계의 시민 수백만 명 정도의 가치는 있었다.

사람 목숨을 숫자로 계산하는 건 그리 옳은 일은 아니지만, 로렌은 이미 옳은 일만 해선 안 될 상황이었다. 어차피 실패하면 다 죽으니까. 그리고 다 죽는 광경을 몇 번이나 봐왔다.

"선택해라, 루크. 수만이냐, 수백만이냐."

그래서 로렌은 루크에게 이런 질문을 할 수 있게 되었다. 사악하다 볼 수 있는 물음이었으며, 루크는 무언의 종용에 이를 갈았다. 그리고 마침내 그는 선택했다.

"…수만."

"알았다."

로렌은 회복 주문을 써서 잘려 나간 루크의 팔다리를 다시 붙여놓았다. 이런 걸로 루크의 호감을 살 수 있다고는 생각하지 않으나, 동료로 맞아들이겠다는 말이 진심임을 보여주기 위한 최소한도의 조치였다.

"오래 걸리진 않을 테니 기다려라. 섣부른 행동은 하지 마라. 네 어깨 위에 수백만의 목숨이 달려 있음을 잊지 마."

그리고 로렌은 다시 전장으로 향했다. 등 뒤에 루크의 시선을 받으며.

『전생부터 다시』 10권에 계속…